El sombrero de tres picos

Letras Hispánicas

Pedro Antonio de Alarcón

El sombrero
de tres picos

Edición de Arcadio López-Casanova

VIGESIMONOVENA EDICIÓN

CATEDRA

LETRAS HISPANICAS

1.ª edición, 1974
29.ª edición, 2009

Ilustración de cubierta: Mauro Cáceres

© Ediciones Cátedra (Grupo Anaya, S. A.), 1974, 2009
Juan Ignacio Luca de Tena, 15. 28027 Madrid
Depósito legal: M. 58.890-2008
ISBN: 978-84-376-0021-5
Printed in Spain
Impreso en Anzos, S. L.
Fuenlabrada (Madrid)

Índice

INTRODUCCIÓN

Vida   11
Obra   19
«El sombrero de tres picos»   31

BIBLIOGRAFÍA   49

EL SOMBRERO DE TRES PICOS

    I.   De cuándo sucedió la cosa   57
   II.   De cómo vivía entonces la gente   59
  III.   Do ut des   61
  IV.   Una mujer vista por fuera   64
    V.   Un hombre visto por fuera y por dentro . .   68
  VI.   Habilidad de los dos cónyuges   70
 VII.   El fondo de la felicidad   73
VIII.   El hombre del sombrero de tres picos . . .   75
  IX.   ¡Arre, burra!   79
    X.   Desde la parra   81
  XI.   El bombardeo de Pamplona   84
 XII.   Diezmos y primicias   91
XIII.   Le dijo el grajo al cuervo   95
XIV.   Los consejos de Garduña   98
 XV.   Despedida en prosa   103
XVI.   Un ave de mal agüero   109
XVII.   Un alcalde de monterilla   111
XVIII.   Donde se verá que el tío Lucas tenía el
          sueño muy ligero   114
XIX.   Voces clamantes in deserto   115
 XX.   La duda y la realidad   118

XXI.	¡En guardia, caballero!.............	125
XXII.	Garduña se multiplica..............	131
XXIII.	Otra vez el desierto y las consabidas voces.	134
XXIV.	Un rey de entonces................	136
XXV.	La estrella de Garduña.............	139
XXVI.	Reacción.........................	141
XXVII.	¡Favor al rey!	142
XXVIII.	¡Ave María Purísima! ¡Las doce y media y sereno!.........................	145
XXIX.	Post nubila... Diana................	148
XXX.	Una señora de clase................	149
XXXI.	La pena del talión.................	151
XXXII.	La fe mueve montañas..............	156
XXXIII.	Pues ¿y tú?.......................	159
XXXIV.	También la Corregidora es guapa.....	163
XXXV.	Decreto imperial...................	167
XXXVI.	Conclusión, moraleja y epílogo.......	170

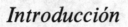

Introducción

Pedro Antonio de Alarcón.

Vida

Iniciación

Pedro Antonio Joaquín Melitón de Alarcón y Ariza —que así figura en la partida de bautismo firmada por el reverendo don Francisco de las Casas—, nació en la ciudad de Guadix, del «antiguo reino de Granada», el 10 de marzo de 1833. Familia, la suya, sin bienes materiales, humilde y con privaciones que más tarde han de afectar a nuestro escritor, pero de ascendencia noble e hidalga, que no en vano su abuelo fue Regidor Perpetuo hasta la entrada de los franceses. Esta figura, estos hechos, estas circunstancias aparecerán evocados o añorados más de una vez a lo largo de muy diversas páginas alarconianas, casi con la fuerza de un ideal fatalmente perdido —también como huella de profunda herida—, que el hombre quisiese recobrar, fortalecer.

Cumplidos los años de la infancia, los primeros estudios en su ciudad, a los catorce años obtiene el título de bachiller e inicia Leyes en Granada. ¡Por breve tiempo! Tan sólo al cabo de unos meses —de octubre a enero— la situación económica familiar le impone el regreso a Guadix y el cambio de las Leyes por la Teología.

No era su vocación la de clérigo —como dejó apuntado en ocasiones—, pero su estancia en el seminario hasta enero de 1853 no es del todo negativa. Por el contrario, y bajo la dirección de su censor, don Isidro Cepero, Alarcón inicia sus tareas literarias.

11

Las comedias que escribe y logra representar, y que le dan ya los primeros éxitos (en este caso «locales») de su vida, nos muestran, a esta altura asombrosa de los quince años, un rasgo definidor, caracterizador de toda su actitud creadora: su enorme facilidad, su agilidad, su sorprendente poder de improvisación, de fabulación.

Mas estos trabajos, estos éxitos tempranos, no lograban apagar su lucha interior de esos años. Dolorosa y desesperada situación —dice Catalina—, su continuo debate entre amor filial (comprendiendo las necesidades y peticiones familiares) y vocación que, al fin, se impone, vence el 18 de enero de 1853, a los veinte años, cuando deja Guadix, abandona casa y familia y se marcha a Cádiz. Allí, asociado con su paisano el novelista Torcuato Tárrago, y bajo los auspicios de un primer mecenas —que otros irán surgiendo años después—, Alarcón ve cumplidas sus ansias: organiza y dirige *El Eco de Occidente*, en cuyas páginas salen a la luz sus primeros relatos.

Granada

Sus impulsos de juventud, sus aspiraciones, no conocen en estos momentos límites. Es más: Cádiz se le queda pequeño y acaricia su «asalto» a la villa y corte. Su proyecto en esta primera gran salida a la aventura, nada menos que la edición de dos mil versos que continúan *El Diablo mundo* esproncediano, obra de indudable y fatal atractivo para la «juventud creadora» de aquel entonces. ¿Resultado...? El fracaso, el duro golpe de la realidad, el regreso a la casa paterna.

...Y le espera Granada, ciudad que ha de dejar huella en la vida del escritor. *El Eco de Occidente* se edita ahora allí. Su actividad, desde esos momentos, se centra en el curioso grupo de la *Cuerda granadina*, que uno de sus miembros, Manuel del Palacio, historiará con gracia y sentido en los periódicos de la época. De ella forma parte un nutrido grupo de jóvenes escritores y artistas de muy variada procedencia, pero unidos todos por vocación e ideal. La *Cuerda* se convierte así en importante crisol revulsivo de la vida cultural granadina, en espectáculo diario que cubre todos los frentes posibles: publicaciones, tertulias, Liceo, etc. Los nombres de Palacio, Castro y Serrano, Fernández y Jiménez, Pérez Cossío, Pepe y Mariano Vázquez, Eguílaz, y los artistas rusos Notbek, Mikailoff, Sorokin, sirven para resumir el núcleo esencial de este grupo.

En Granada le sorprende a Alarcón la «vicalvarada», la sublevación del 54 que, por supuesto, anima y enciende todavía más su espíritu rebelde y liberal. Catalina nos cuenta el momento:

> «(...) no fue mucho, pues, si despreciando el peligro personal y no conociendo a fondo las consecuencias ulteriores que provocaba, se puso al frente del movimiento insurreccional, sorprendió un depósito de armas, las distribuyó al pueblo, ocupó el Ayuntamiento e invadió la Capitanía General. Hizo aún más: fundó un periódico llamado *La Redención*, y desde allí provocó con ímpetu temerario la hostilidad del clero, de la milicia nacional y del Ejército. Contra todos luchó valerosamente (...). Venció; pero quedó cansado y con la dolorosa convicción de la esterilidad de sus esfuerzos; por lo cual decidió volver a Madrid (...)»

Madrid

Y a Madrid, pues —segundo asalto a la villa y corte, «rompeolas de todas las Españas»—, llega, en los primeros días de septiembre, «aquella humilde y entonces revoltosísima persona», en compañía de «la bandada de literatos y artistas granadinos». Cuatro años después, en 1858, Alarcón nos dejará una expresiva visión de la capital, no muy lejana, quizá, de sus primeras vivencias en el nuevo ambiente:

> «En Madrid —este picadero de caracteres indómitos, que no reconoce igual para aquello de convertir en hombres a los niños y en viejos a los hombres; en este infierno de los ambiciosos y de los poetas, adonde venimos todos por curiosidad y en donde todos quedamos cogidos por los pies, como leones que caen en una trampa (...); en el Madrid deseado por los músicos, pintores y literatos de aldea; en el Madrid de dos caras (...), y terrible y funeral la otra como el hospital, la cárcel, el canal y la casa de empeños, o como el portero que dice "vuelva usted mañana", o como el académico que devuelve el manuscrito sin leerlo, o como el editor que no necesita trabajo (...)»

Un Madrid visionario (?) —habría que añadir— que va de las páginas de Larra a Dámaso Alonso. Un Madrid —ahora ya sobre los hechos— que clava un nuevo y duro golpe a nuestro escritor, a su «belicoso patriotismo», a su espontáneo impulso revolucionario que, apenas llegar, había encontrado buen cauce de manifestación en *El Látigo* (cabecera que ahorra comentarios), en compañía de Juan Martínez Villergas y otros. *El Látigo*, en fin, casi una perfecta continuación ideológica de *La Redención* granadina. ¿Con qué resultados?

Cuenta su biógrafo tantas veces citado, que era la publicación «un libelo más que un periódico satírico, destinado a derribar a la señora que ocupaba el trono». Y Alarcón, el entonces «revoltosísimo» Alarcón, «lióse, pues, la manta, y sin reparar en barras se metió de hoz y coz en la dirección y redacción». No pasado mucho tiempo, un buen día —nada menos que con el Duque de Rivas y González Bravo como jueces—, se vio en lance de honor frente al poeta venezolano García de Quevedo, quien en rasgo de nobleza, teniéndolo ya batido, no quiso que la sangre del revolucionario llegase al río... Haciendo caso de la propia confesión alarconiana, «cáteme usted ya célebre en la villa y corte (...), y consagrado demagogo por las mil trompetas de la fama, el mismo día que dejaba de serlo». Estas últimas palabras son decisivas; quiere decirse: el rebelde, el belicoso Alarcón se abría a otras actitudes, rompía con el pasado, con sus vísperas.

Más allá de este hecho lamentable, la vida madrileña presentaba también otras caras un tanto risueñas. Alarcón y los demás miembros de la *Cuerda* —ahora, de mejor nombre, *Colonia granadina*—, estrechaban relaciones y amistad con un personaje curioso e interesante, muy de la «sociedad del momento», don Gregorio Cruzada Villamil —Glorio para la familia y los amigos—, «inseparable compañero de letras, armas y otras aventuras...». Lo cierto es que el señor Cruzada cumple buenos oficios de anfitrión y mecenas, les ofrece un piso de su casa en la calle de Lope de Vega, fomenta «alianzas» con otras tertulias (la de Eguilaz, la de los redactores de *La Iberia*), les enseña el buen arte del manejo de las armas (?) y, por fin, organiza numerosas «recepciones», reuniones literarias a las que asiste siempre —si atendemos a los gacetilleros— una «selecta concurrencia», verbigracia, E. Florentino Sanz, Núñez de Arce, Palacio, Picón, etc. Y, de cuando en cuando, la velada se anima con té y pastas.

Alejado, en fin, del activismo político, en calma su furor revolucionario, Alarcón publica durante este tiempo numerosos artículos en toda la prensa —desde *La Ilustración* a *El Mundo Pintoresco*—, se estrena *El hijo pródigo*, escribe una nueva redacción de *El final de Norma*, y, lo «frívolo» también cuenta, entra en lo que «suele llamarse gran mundo», a saber, «salones más aristocráticos y los círculos más en moda», se mueve y maneja con «gracejo y desenvoltura» en ellos, inaugura, en definitiva, un tipo de vida que hasta entonces no había rozado. Años, tiempo —añade Catalina— durante el cual Alarcón, «espectador que observa y estudia, fortalece su espíritu (...) con los conocimientos de la vida real y del corazón humano, aprovechándolo para todas sus obras literarias (...)».

La guerra de África pone aquí un primer punto final. Lo que en 1904 parecía a Galdós, no sin razón, una pequeña aventura guerrera, una imitación del cesarismo francés (cito a Hinterhäuser), en Alarcón despierta su «nacionalismo épico» y le lleva a sentar plaza de voluntario bajo las órdenes del general Ros de Olano, al que, años más tarde, en 1886, en el prólogo a sus poesías, incluirá con excesivo rasgo de devoción en el «número de los poetas románticos que subsisten por derecho propio en el aprecio de las Musas y en la admiración del pueblo español». Terminada la campaña, el escritor regresa a Madrid con dos cruces que premian sus servicios prestados, dos amistades importantes —Ros de Olano y O'Donnell— y el *Diario...* que, publicado, le ofrecerá estabilidad económica y la posibilidad de cruzar nuestras fronteras —*De Madrid a Nápoles*—, es decir, recreo plasmado en una buena obra literaria. Los dos ejemplos, una muestra de su talento como periodista «en vivo».

Finalmente, un hecho íntimo, entrañable, podría perfilar esta primera etapa, este primer ciclo: su matrimonio con Paulina Contreras y Reyes, en su tan recordada ciudad granadina. Desde 1853 —primer encuentro— hasta éste de 1865, nada menos que doce años. «El arrepentido calavera de otros tiempos (...) era ya en aquéllos muy aceptable como marido» (Catalina). Centraba, pues, su vida, y en aquel día de Nochebuena, tras tanta aventura, formaba hogar con una mujer que fue —siguiendo con su biógrafo— «persona en quien Dios quiso que se juntaran la belleza corporal y la bondad de alma (...)».

Transición

Entre el primer conjunto de su obra y el segundo, se abre una dilatada etapa de transición, de crisis, de modificaciones, de silencio literario y de actividad política. Según el crítico Manuel de la Revilla, una docena de años de «perder lamentablemente el tiempo». La orientación de ese activismo presenta implicaciones definitivas con la circunstancia de la guerra de África; se vincula con devoción, con admiración a un «caudillo»: el general O'Donnell; se proyecta con honradez —todo sea dicho— hacia un partido: la Unión Liberal.

Tarea política, en suma, y como siempre, con cara y cruz, con anverso y reverso, con tonos rosas y negros: diputado y senador en varias ocasiones, destierro en el 66 por su firma de la protesta de los unionistas contra el gabinete Narváez-González Bravo, ministro plenipotenciario en Suecia y Noruega (sin llegar a tomar posesión), consejero de Estado, en alguna ocasión «figura ministrable», en el poder y en la oposición, asiduo articulista en *La Política*, orador no menos asiduo en la Asamblea sobre puntos cruciales de los cruciales momentos..., y dos cartas —que cita Martínez Kleiser— indicativas de esa doble tonalidad, de los dos momentos (lucha/hastío): una (1863), sobre su entrada en Guadix, gente en los balcones, música, revuelo de campanas, airear de pañuelos, clamor; otra (1875), «disgustos», «lucha diaria», actividad «que me quita salud, me quita amigos y acabará por quitarme la vida». También en la *Historia de mis libros* es, a este respecto,

bien explícito y claro: «cuestiones de campanario, intereses de localidad, luchas parlamentarias, obligaciones de partido, destierros, conspiraciones, la temida Revolución, toda la *Comedia Infernal*, en fin, de los llamados intereses públicos (...) absorbió completamente mi actividad y mi tiempo (...)».
Parece, pues, que Revilla tenía razón...

Etapa final

«Su anhelada vuelta al buen camino —como escribe el crítico que se acaba de citar— se va cumpliendo con un progresivo olvido de esa actividad política y una entera dedicación a las tareas literarias. De 1873 *(La Alpujarra)* a 1887 (su último artículo, *Diciembre*), van catorce años que nos ofrecen, respondiendo a sus rasgos definitorios de facilidad, dinamismo creador, movimiento intuitivo, etc., lo más esencial de toda su obra. El «nuevo» Alarcón, el «más amplio y último» Alarcón está ahí; el Alarcón que, admitido en la Academia en 1875, pronuncia su discurso sobre *La Moral en el Arte;* el Alarcón «de tesis»; el Alarcón en deseos de despertar una «profunda y trascendental enseñanza»; el Alarcón que enciende polémicas, el más sereno y, paradójicamente, más conflictivo, a veces el más caótico, el más contradictorio; el Alarcón de *El escándalo, El Niño de la Bola*, etc.

A partir de 1887, el silencio absoluto, el retiro, el apagón..., ¿el agotamiento creador? «Conoció con intuición maravillosa —dice Catalina— que el hombre todo luz e inteligencia de otros tiempos (...) se hundía y se hundía para siempre; y encerrándose en el seno de una familia amante y cariñosa, se negó con obstinación invencible a salir ni ser visto por nadie (...).» A ese recinto entrañable llegó la muerte un día de verano, después de varios avisos, cumplidos los cincuenta y ocho años de nuestro escritor.

Obra

Estética y tipología

Perfilar una estética alarconiana obliga a partir, inicialmente, de sus rasgos generales mantenidos todo a lo largo de la obra, rasgos que líneas más arriba quedaban levemente insinuados. Crear, para Alarcón, es salida torrencial, inmediatez, poder fabulador, imaginativo, pura espontaneidad, trazo ágil. Él mismo hará a menudo hincapié en todos estos puntos (muy a menudo también buscando cierta defensa, cierto perdón a sus defectos): «¿Quién me enseñó? —Nadie (…). Sirva más bien de disculpa a mis obras, dado que no comencé a literatear ni por selección ni por capricho, sino cediendo a una fuerza interior, tan espontánea y avasalladora como la de la vida orgánica.» Fácil resulta comprender, en consecuencia, que muchas de las faltas artísticas reiteradas aquí y allá —limitado control reflexivo, poca capacidad de síntesis, abundancia de digresiones, abundante carga de «materia muerta»…—, encuentran en esa base su raíz originaria.

Si miramos a sus preferencias literarias —cuáles fueron sus modelos (y que él explica aplicándolos fundamentalmente a sus relatos cortos)— habrá que responder, como en cualquier caso de escritor de la época, que los consabidos maestros franceses, con la no menos conocida incrustación anglosajona: «Comencé rindiendo vasallaje a Walter Scott, Alejandro Dumas y Víctor Hugo; pero me aficioné

19

después con mayor vehemencia a Balzac y George Sand, por hallarlos más sensibles y profundos.» Lógicamente, a estos ídolos de juventud —y pasado de la mano de su amigo Bonnat por la admiración hacia Alfonso Karr—, muy pronto otro grupo suplirá en devoción al primero. Un nuevo «dogma», en efecto, basado en Cervantes, Quevedo, Goethe, Dickens... y algunos de los anteriores que permanecen todavía con, además, «el prodigioso explorador del alma humana», William Shakespeare. No obstante, y pese a toda esta amplia confesión personal (sin duda sincera), y dejando a un lado la huella bastante patente de Karr («bohemia de París», «superficialidad aparente y cinismo postizo») sobre algunas de sus novelas cortas, la verdad es que Alarcón, por fortuna, supo librarse de dependencias totales, mutilantes, aniquiladoras.

Desde otro ángulo de análisis, debe pensarse, a su vez, que su obra adquiere sentido, coherencia, relieve, siempre y cuando se parta de un justo encuadre situacional. Es, el suyo, un momento de crisis, de cambio, de transición de unos supuestos a otros. Si las palabras, los términos no fuesen con harta y molesta frecuencia equívocos, nuestro escritor podría quedar inserto en esa línea de la balanza, en ese paso —en determinados casos y circunstancias confuso, borroso—, idealismo/positivismo-realismo, en ese movimiento «visión-mirada». Hombre de crisis, por tanto, y hombre que, allá desde el fondo, se alimenta de ese choque, de ese difícil acorde de contrarios, de ese dualismo antitético. Ahí radica, tal vez, la clarificación última de la más válida semántica de toda su obra, incluyendo los desajustes ideológicos y estructurales que también son útiles para caracterizar (y no del todo negativamente, que eso es «típico y tópico») muchas de sus páginas.

¿*Novelista romántico*, como Montesinos titula, afirmando, su magnífico estudio? Sí, pero... Lo romántico (en un amplio sentido, por descontado), es elemento decisivo, básico; más todavía: es rasgo auténticamente vivencial del propio Alarcón, conformador de su vida y de sus actitudes, y difícil de ocultar aun en los momentos más «tranquilos», más «conservadores». Rasgo siempre, en mayor o menor grado, activo, operante. Y obra y vida, y vivencia y obra van —ya se adivina— muy de acuerdo en él.

Como acertadamente intuye Sobejano en una breve referencia, Alarcón (con Valera, con Pereda, quizá con mayor intensidad que ellos), se mantiene, noveliza desde «el lado de la maravilla», aunque —creo yo— sin olvidarse del todo de lo real, de lo que tiene delante. O, puntualizando todavía más, sería posible afirmar que nuestro escritor extrae, fija, potencia fundamentalmente todo aquello que de «maravilla», de «visión» presenta la realidad. Entiéndase: lo que siendo en su entraña «realidad», surge ante nosotros como ventana extraña que no logramos encajar, acertar plenamente; como realidad que está, que se descubre más allá del sencillo ojo que mira.

Lo expuesto nos puede ayudar a comprender que un «cierto» *hálito romántico* guíe u oriente, como norma general, la articulación de las unidades narrativas, el funcionalismo del «hacer»; domine, en variados aspectos, a los propios actantes, sus indicios, el funcionalismo de su «ser», su sintaxis (en general, situaciones-límite, omnipresencia de lo «extraordinario»); y que, también es verdad, los indicios espaciales, la notación de escenas (personaje-espacio), matices aspectuales y temporales, etc., estén o aparezcan sujetos a una línea que, para entendernos, llamaremos *realista*.

En lo referente a la tipología de sus novelas, Alarcón es con evidencia un novelista de *acciones*, de *sucesos*. Le preocupa por encima de todo el movimiento, el desarrollo de la historia, la trama; afortunadamente, la mayoría coincide en reconocerle una amenidad de narrador nato, ágil presentador de hechos, prestidigitador de los núcleos narrativos, organizados con una sabia espontaneidad (y no es paradoja). Mas —y parece hecho fácil de comprobar— este rasgo esencial no debe llevar a rotundas afirmaciones como la dada, de leve paso, por el ya citado Sobejano, en el sentido de escribir que «Alarcón romantiza el costumbrismo regional o urbano, brindando al lector medio argumentos y no caracteres, tramas amenas y no vida inmediata». En principio, costumbrismo hay poco, o por lo menos no tanto como se ha dicho, hasta convertirlo en tópico (cfr. Pereda); luego, *El escándalo*, *El Niño de la Bola*, el mismo *Sombrero...* ofrecen una nada despreciable profundización o matización psicológica, y una no menos acertada y valiosa plástica de los ambientes, captados en trazos vivos y sugerentes, sin vastas enumeraciones que —marcando todas las distancias, quede claro—, están presentes y cansan muchas páginas galdosianas. Que, en resumen, haya que hablar también —como habló ya Clarín— de cierta parcialidad en los personajes (consecuencia de su conservadurismo), de otra tanta parcialidad en el enfoque de los predicados, etc., es otro problema.

Clasificación y análisis

Ángel del Río esquematiza en tres grupos la obra alarconiana: *a)*, romanticismo o posromanticismo fantástico; *b)*, narración breve, popular y nacional; *c)*, novelas «de tesis». El cuadro, por tanto, nos presenta *tres maneras* distintas del escritor, y es válido y acertado siempre que, por encima de tal esquematización (es decir, simplificación), sepa integrarse cada compartimiento, con sus rasgos peculiares, en una línea superior que abarque y dé cohesión, coherencia definitiva a la totalidad de la obra y valore, además,

los dos ejes de actividad creadora que quedaron
perfilados en su biografía, los dos momentos —distintos en circunstancias y supuestos—, pero conec-
tados íntimamente por una vena interior que —también resulta necesario decirlo— no siempre coincide
plenamente con lo reiterado por el propio Alarcón
como base de su obra. Sirvan de consideración las
siguientes palabras:

> «He demostrado, pues, siempre en la práctica (...)
> profundo amor al arte y a la literatura de nobles
> formas externas y de buena enseñanaza íntima, o sea,
> al consorcio de la Belleza y de la Moral.»

Libros de viajes y novelas cortas

Dejando a un lado primeros escritos y poesías
—aquellos refundidos con posterioridad, ya en Madrid, para nuevas ediciones, y éstas, con toda sinceridad, de muy poco relieve e interés en el conjunto
total de su obra—, el *Diario de un testigo de la guerra
de África* (1860), *De Madrid a Nápoles* (1861), y *La
Alpujarra* (1873), con las tres series de sus novelas
cortas (que responden, en sus propias palabras, a
tres *maneras* distintas), resumen un primer grupo,
heterogéneo, eso sí, pero de indudable valor dentro
del amplio caudal de sus páginas de creación.

Los dos libros de viajes nos ponen delante a un
Alarcón —como ya quedó dicho—, periodista «en
vivo», pues no en vano, como señala Martínez
Kleiser, «fue cronológicamente, antes que una de
las grandes figuras de nuestras letras, uno de los
grandes periodistas del siglo XIX». En el primer
ejemplo, cronista directo, puntual, de unas circunstancias duramente dolorosas e imposibles de plasmar
con cámara más cercana. Tomando su cita, «ora al
aire libre, ora bajo la tienda de campaña, ora en

camarines de moros y judíos (...)». Desde luego hay en el libro —que obtuvo un gran éxito y dio al autor dos millones y medio... de reales— pasajes que responden a una vibración de las fibras más íntimas, grandes aciertos descriptivos (captación de escenas), agudeza psicológica en los retratos y, recorriéndolo todo —¡tan propio de Alarcón!—, una vena de lirismo saludable.

A la misma actitud —sólo que en este caso respondiendo al goce de un viaje «turístico»—, corresponde el segundo libro. «Nada hay en ellas que no sea cierto, natural y espontáneo; nada que no haya dimanado inmediatamente de la *actualidad* o *presencia de los hechos*, sin compostura ni artificio literario de ninguna especie, tratárase de lo trivial o tratárase de lo sublime, y no reparando en risas y lloros, cánticos y burlas, preces y crueldades, se sucedían con aquel desorden e incongruencia.» Todavía añadirá el autor una puntualización que recogemos por importante: «En esta crudeza y confusión, muy semejantes a lo que hoy se llama *naturalismo*, estriba, en mi entender, la diferencia esencial (...) entre las narraciones de viajes y las de mera imaginación.» En efecto: es esta vinculación, esta dependencia de lo próximo, esta «presencia de los hechos», tan viva y espontánea, lo que da frescor y riqueza a esta obra.

La Alpujarra, implicada en los mismos supuestos de creación, presenta no obstante otros matices distintivos. Quizá lo más original resida en el acorde que magistralmente establece entre dos tiempos (historia-presente), entre dos miradas (narración-descripción), entre dos ritmos armonizados (dinamismo-estatismo), amén de todo un conjunto «documental» de varia procedencia que, lejos de entorpecer, se diluye con habilidad entre las páginas.

Entre los tres grupos de sus novelas cortas —*Cuentos amatorios*, *Historietas nacionales*, *Narraciones inverosímiles* (con un total de treinta y ocho relatos)—, se encuentran, asimismo, magníficos ejemplos de la prosa alarconiana. El conjunto responde a esas tres *maneras* antes citadas y que, de acuerdo con su didáctica clasificación, son: «la natural (...), la primitiva (...)», acomodada (en los tiempos de Guadix) a sus gustos y modelos literarios tempranos; una segunda (modelo Karr), de «novelillas bufonas o estrafalarias»; y una tercera de «serenidad y circunspección». Pero, y en esto insiste mucho, siempre sobre «un fondo sano y hasta ascético, por más que estén escritas en mis procelosos años». O, lo que viene a ser lo mismo (aunque aplique lo que sigue solamente a los *Cuentos amatorios*), «creo haber sido más consecuente con la *moral* que ningún narrador de historias de aquel linaje, supliendo así con buenas doctrinas el mérito literario y artístico que faltaba en mis obras». Resumiendo y seleccionando, *El clavo, El afrancesado, El carbonero alcalde, El amigo de la muerte, ¿Por qué era rubia?, La Comendadora,* figuran entre las más destacadas. Por supuesto —de acuerdo con sus tres *maneras*—, son variadas en fondo y expresión, aunque no resulte demasiado difícil localizar en unas y otras rasgos típicamente alarconianos: evocación de un pasado (guerra de la Independencia), presencia de elementos fantásticos, estilización de lo popular, intención doctrinal, etc., es decir, caracteres que luego, muy a menudo, han de aparecer fundidos en sus novelas posteriores.

Novelas

El final de Norma es su primera obra en prosa, escrita entre los diecisiete y los dieciocho años. Lógicamente, pues, poco debe exigírsele. Él mismo, además, dejó bien sentado que era obra «más a propósito para entretenimiento de niños que para aleccionamiento de hombres», reconociendo con honradez y sinceridad lo mucho que de fruto adolescente, de mundo adolescente, de fabulación sobre «mapas y libros» tiene esa obra que, para Valbuena Prat, es «un solo de violín», y que, como también señala el mismo crítico, muestra «una acción ágil, emocionada (...), envuelta en un vaho romántico».

En torno a 1875 —para dar una referencia cronológica—, se consuma el cambio en los supuestos estético-ideológicos del escritor. Con mayor precisión: a partir de esta fecha, la serie de sus novelas extensas «de tesis» representa la plasmación, la manifestación a través del hecho literario, del giro que ha ido experimentando su pensamiento a lo largo de los años hasta fijarse, definitivamente, en el enfoque y postura desde los que ahora noveliza.

Si para él «los relatos de imaginación, particularmente las novelas, deben ser fruto de la realidad humana, sazonada por la reflexión, la filosofía y el arte», será necesario apuntar que esa «sazón» reflexiva, esa filosofía o esos esquemas apriorísticos son los que, de alguna manera, ponen delante de sus ojos ciertos cristales modificadores que afectan, coaccionan, desvirtúan, condicionan su mirada sobre la realidad, le impiden notación de los perfiles exactos, hecho que, por señalar otros casos, sucede en algunos momentos de Galdós, de Pereda, etc.

Símbolo y clave de esta su nueva actitud (originada, quizá, por muy diversas causas: «golpes» contra el revolucionarismo de su juventud, disgusto y hastío de las tareas políticas, intensificado desajuste entre ideal-realidad, conmoción espiritual, como en otros miembros de toda esa generación, tras la Revolución del 68, etc.) puede ser su discurso de ingreso en la Academia Española —*Sobre la Moral del Arte*—, que, según el duro decir de Revilla, responde a un «absoluto desconocimiento», representa una «tremenda caída», aparece lleno de «tantos errores» y resulta, en fin, un «himno elegíaco-místico-conservador-sentimental». Lo curioso es que, incluidos en este demoledor juicio de Revilla, están algunos de los elementos o rasgos que sirven para trazar el perfil general de esta etapa novelística alarconiana...

El primer ejemplo del «nuevo modo» es *El escándalo* (1875). Cuenta su autor que el argumento «me estorbaba en el cerebro y en el corazón desde los primeros meses de 1863», permaneciendo largos años sin posibilidad de realización (por las vicisitudes de la «historia grande») justamente hasta el mismo año de 1875 y hasta el día siguiente —3 de junio— de la muerte de su hijo más pequeño. Tras este «infinito pesar», lo que había vivido por tan amplio espacio de tiempo en su interior, se realiza —novela ya— en apenas un mes: Alarcón, en rapidez creadora, sigue siendo el mismo.

La estructura de la obra se polariza en torno a un núcleo cardinal, a un eje de origen claramente romántico: redención, ennoblecimiento por el amor (Fabián-Gabriela). Pero, a su vez, el funcionalismo de este eje arranca y concluye en dos polos de idéntica naturaleza —el escándalo—, sólo que predicados desde dos enfoques contrarios (construcción que —y nunca se ha señalado— es típica de Alarcón): Fabián → escándalo / Fabián ← escándalo. Luego, una fundamental incidencia sobre el núcleo cardinal —el conflicto «ideal-mezquindad» (el correlato tan español «envidia-calumnia»), ayuda todavía a intensificar el aliento romántico caracterizador.

Otro acierto importante viene dado por el desarrollo mismo de la acción, vivida a través de un medido proceso psicológico del protagonista (confidencia Fabián → P. Manrique), planteado como construcción retrospectiva que, finalmente, va abriendo puertas hacia otros núcleos secundarios con verdadera capacidad de autonomía, pero que, en este caso, enriquecen la narración al aparecer engarzados, al ayudar a rematar la compleja arquitectura de la novela.

27

La creación de *escenas* es, además, plenamente funcional, quiere decirse, adecuada a los diversos segmentos narrativos y a los sucesivos *indicios* de los personajes, bien sea actuando como elemento de «identificación» (por su naturaleza, tonalidad, etc.), con esos indicios, bien sea actuando dentro de un sistema contrastivo que, de este modo, da un mayor relieve, realza las situaciones íntimas de los actantes.

Ciertos puntos de conexión con lo analizado presenta *El Niño de la Bola* (1880), basada en una tragedia popular andaluza que, según afirma, contempló en su niñez. En primer término, la base romántica permanece: un amor dominado por la «fuerza del sino» y que, debiendo mucho en sus planteamientos al más exaltado teatro romántico, se rompe en tragedia. La mujer (Soledad) representa aquí —de acuerdo con la precisa terminología de Valbuena (y tampoco se ha señalado este punto)— un amor que se consuma en el dolor, o sea, el *romanticismo de lamentación*. Manuel Venegas, por su parte, simboliza el tipo de *exaltación*, la figura del *rebelde*, *ángel* y *demonio*, el movimiento hacia un ideal impulsado por las fuerzas más elementales, más desatadas que —no podía ser menos— implican una complejidad de motivaciones adyacentes (celos, venganza, etc.). Lo adecuado de lo que Del Río llama «espacio agreste» (frente al ambiente madrileño de la novela anterior), le permite que la obra adquiera una verdadera *construcción en profundidad* —el espacio como plano de amplificación—, con el apoyo de verdaderos *cuadros de costumbres* en una función de *coro* (abre, anticipa, comenta la acción...), técnica usada también por Galdós en algunos de los *Episodios*.

Por último, el acierto en el trazado de los personajes, la identificación rasgos físicos-morales (apurando los límites de la deformación en busca de una mayor intensidad expresiva), el montaje, la sintaxis de los contrastes en sucesivos encadenamientos duales y hasta, en algún caso, la sugerencia o valor simbólico de los nombres (que sería importante estudiar, como se ha hecho en Galdós), etc., convierten *El Niño de la Bola* —por encima de las muchas objeciones, no siempre procedentes, que se le señalaron—, en una de las más complejas, perfiladas y vivas novelas de Alarcón.

El Capitán Veneno (1881), escrita en ¡ocho días!, es de las obras suyas más aceptadas. Sin embargo, no ha faltado crítico (por ejemplo, Tomás Tuero en *La Iberia*, el diario progresista) que la llegara a calificar de «obrita baladí e insignificante, indigna de...». Curiosamente, y ante esta unanimidad en los juicios, el propio autor dirá que «como no ha suscitado contradicciones, me parece que le falta algo, y la quiero menos».

Su trama sencilla —la sutileza amorosa de una dama puede lograrlo todo (en este caso, vencer la actitud antifeminista de «Veneno»)—, se despliega hábilmente con rasgos de fina ironía, todo ello dentro de una arquitectura que a veces nos recuerda la articulación teatral (encadenamiento de *cuadros*, el diálogo como elemento decisivo) y que —como se ha señalado a menudo— recuerda también, en fondo y forma, la exquisitez, la medida y la exactitud de Moreto en *El desdén con el desdén*.

Su última novela —*La pródiga* (1881), veintisiete días de trabajo—, reitera el eje de los amores de índole romántica, del fatalismo o sino que condiciona a los personajes, engendra la situación conflictiva —imposibilidad de lograr el *ideal*—, y los arrastra, finalmente, al marco de la tragedia. De todas formas, aunque Alarcón mantiene sus rasgos de amenidad, acierta en la gradación del clímax, logra buenos efectismos, y su estilo más terso se ofrece como acertado vehículo expresivo del mundo que presenta, nuevamente sus prejuicios ideológicos, su «clara» intención doctrinal, y, en consecuencia, la supeditación de todos los elementos a este fin, restan valor, categoría y radical autenticidad a la obra.

Desde esta fecha, el poco interés que la novela despierta en los ambientes «cultos» (que no en los populares), un silencio, una «persecución» a veces real, a veces producto de sus obsesiones y, ¿por qué no decirlo?, quizá también cierto cansancio, invaden su ánimo de «un invencible tedio hacia la vida literaria (...), no sé qué malestar y angustia, así como asfixia (...)». Y se acaba el amplio ciclo de su obra.

«El sombrero de tres picos»

Creación y antecedentes

En el prefacio que el propio escritor pone al frente de su obra, Alarcón ofrece una amplia explicación de la génesis de *El sombrero...* y señala las fuentes o antecedentes próximos de los que, en líneas generales, arrancó los datos para su creación literaria. Lo que resulta curioso y hasta sorprendente es que numerosos detalles y puntualizaciones que aparecen en el prefacio publicado en la *Revista Europea* del 2 de agosto de 1874, páginas 129 y siguientes —y apenas tenido en consideración—, los haga desaparecer su autor, tras una puntillosa labor de «poda», en ediciones posteriores (con modificaciones paralelas en la obra, como se verá). Este hecho, ignorado no menos sorprendentemente por varios críticos, ha llevado a cometer, en consecuencia, deslices curiosos como, por ejemplo, la formulación de determinados problemas referentes a la génesis y a los antecedentes que, en ese prefacio citado, Alarcón se preocupó de aclarar cumplidamente. Sobre él trabajamos.

La primera noticia del tema le llega en los años de su infancia, con el pícaro contar de «un zafio pastor de cabras», de nombre *Repela*, que al parecer cumplía en días de fiesta con el noble mester de juglar. Años después, escuchará y encontrará «muchas y muy diversas versiones» bien de labios de nuevos «graciosos», bien impresas en romances de ciego, bien —más letra de molde— en el *Romancero General* publicado por Durán (1851). Esquematizando los datos que Alarcón da, tendríamos lo siguiente: *a)*, el citado romance recopilado por Durán, tomo II, núm. 1.356, páginas 409-411, y que localiza el motivo en Arcos de la Frontera *(El molinero de Arcos); b)*, romances impresos que venden los ciegos y que responden a versiones y localizaciones varias (por ejemplo: *En Jerez de la Frontera / hubo un molinero honrado); c)*, cuenta que, hablándole del tema y pidiéndole información a Hartzenbusch, éste recordó «unas coplejas populares asaz verdes y hasta coloradas que sabe de memoria» *(En Jerez de la Frontera / un molinero afamado...).*

La génesis de la obra —continuando también con lo que se dice en el tal prefacio— no deja de ser curiosa y «original». En un principio, viendo las posibilidades que el tema ofrecía, se lo cedió a un su amigo —don José Joaquín Villanueva—, que hacia 1866 tenía el bosquejo de una zarzuela titulada *El que se fue a Sevilla*. La muerte de este señor Villanueva le dio oportunidad para una segunda «cesión de derechos», en este caso a favor nada menos que de Zorrilla. Según las palabras de Alarcón, éste «hízonos entrever la posibilidad de que se convirtiera en una comedia de espadín y polvos», y verdad es que en carta dirigida a nuestro escritor —citada por Martínez Kleiser—, el épico y coronado don José muestra interés por el tema, indicando también que recuerda cierta canción popular de «bárbaro y sevillano comienzo». Finalmente, Zorrilla se queda en su holgazanería, y Alarcón, después de los generosos ofrecimientos, vuelve sobre el tema: «Un día de verano de 1874, en Madrid —dice en la *Historia de mis libros*—, recordé, no sé cómo, el picaresco romance de *El Corregidor y la Molinera* (...) y me dije: —¿Por qué no he de escribir una historieta fundada en tan peregrino argumento?» Dicho y puesto, a los seis días estaba entregado para su publicación.

Volviendo a las páginas del prefacio, Alarcón justifica en ellas la versión que presenta del tema en *El sombrero*... (es decir, su elección entre las varias que conocía) con las siguientes y textuales palabras: «Y considerando que *Repela* nació, vivió y murió en la provincia de Granada; que su versión parece la auténtica y fidedigna, y que aquella es la tierra que mejor conocemos nosotros, nos hemos tomado la licencia de figurar que sucedió el caso en una ciudad, que no nombramos, del antiguo reino granadino.» Como se ve, la localización —que posteriormente difuminará— aparece clara, precisa. Es más: si se repasan, páginas adelante, nuestras notas al texto de la redacción definitiva, se observará no sin sorpresa que todos los datos que hacen referencia a esta localización, el autor los eliminó. Por ejemplo: [perteneciente al reino de Granada y cabeza de corregimiento], capítulo III; [yo sé ir a Granada], capítulo XXI; [de ir mañana mismo a Granada], capítulo XIV; [para las cárceles de la Inquisición de Granada], capítulo XXVI; [y murió en la cárcel alta de Granada], capítulo XXXVI. ¿Por qué esos cambios?, ¿por qué esas modificaciones?

Los antecedentes de *El sombrero*... fueron rastreados por numerosos investigadores, aunque en algunos casos haya que lamentar —como con razón señala Montesinos— un resultado de «tanta noticia impertinente». Un trazado esquemático de las aportaciones más serias y rigurosas (Foulché, Bonilla, el mismo Montesinos) nos ofrece en principio tres fuentes próximas: el romance *El molinero*..., ya conocido; una canción popular del Corregidor y la Molinera, reimpresa en varias ocasiones y que no menciona lugar de localización (destinada, por supuesto, al buen oficio de la juglaría y de indudable parentesco con lo anterior), y un sainete de mediados del siglo XIX (1862). Como más remota en el tiempo, la narración VIII, Jornada VIII del *Decamerón*. Que, a su vez, esta historia del escritor italiano (*Trátanse dos amigos, y uno yace con la mujer del otro...*) muestre relación con uno de los veintiséis *enxiemplos* del *Sendebar* o *Libro de los engaños et los asayamientos de las mugeres*, mandado traducir por el infante don Fadrique en 1253, y del que ha hecho una magnífica edición el señor Bonilla, obliga a suponer unas muy antiguas raíces de este tema, con diversas y variadas ramificaciones aquí y allá, tras haberse convertido, sin duda, en elemento panfolklórico.

Más allá de la importancia que estos antecedentes puedan representar (y dudosos son el sainete y el cuento de Boccaccio que, con seguridad, Alarcón desconocía), lo fundamental, lo relevante queda ya destacado por Gaos (de idéntica opinión es Montesinos): «entre el romance y la canción popular y el libro de nuestro autor media toda la inmensa distancia que va de unos crudos materiales a su elaboración en forma artística. Todo ha sido transformado (...)». En efecto: bien poco debe interesar —excepción hecha de querer recrearse en meros «ejercicios de erudición»—, de dónde arranca el escritor los datos elementales, el simple motivo; interés muy distinto merece, en cambio, el resultado, esa transformación creadora, la articulación de signo personal, la semántica última del objeto literario.

Baste a nivel superficial un solo rasgo —el desenlace— (sin necesidad de recurrir a más profundos detalles de personajes, espacio, cuadros, etc.), para demostrar la «distancia», el enfoque bien distinto dado por Alarcón. Con respecto a este punto, entonces, tanto el romance anónimo del XVIII como la narración de Boccaccio, desembocan en el adulterio (honor no mancillado en nuestra obra), coincidiendo ambos, incluso, en la escena cínicamente amigable de cierre: un brindis (en el romance), una comida (en el *Decamerón*). ¿Y el sainete? La no consumación del adulterio que supone Foulché, no parece en absoluto convincente. Cualquier lector de estos versos finales (y atiéndase, también, a la nueva «coincidencia gastronómica»: la cena):

> La venganza a sido igual:
> vos cenásteis con Teresa
> y yo con vuestra muger.
> Si hubo después de la cena
> algún esceso, tan solo
> al curioso lector queda...

convendrá, estará de acuerdo en reconocer que, por debajo del «recitado», corre toda una vena llena de ironía, de abierto cinismo, de hipócrita carcajeo. ¡Hay guiño, hay —permítaseme la expresión— «gato encerrado»! Dicho de otro modo: ¿quién puede dejar en el aire tal insinuación...?

Por último, otros antecedentes o semejanzas sobre partes más concretas de la obra, han sido señalados por Góngora y Ayustante, Vicente Gaos, etc. Los dos citan conexiones entre el *Quijote* y *El sombrero...*: el primero, marcando la relación entre el capítulo XVI (Primera parte) de la obra cervantina, y el capítulo XXVII de la de Alarcón. Efectivamente, en ambas partes nos presentan una escena llena de movimiento (tan del gusto del *dinamismo* barroco), con el montaje de una grotesca pelea en la que se enzarzan y confunden los personajes (loc.: molino/venta): Juan López, Toñuelo, *Garduña*, la señá Frasquita, el Corregidor.../Don Quijote, *Maritornes*, Sancho, el arriero, un ventero, un cuadrillero... Gaos, por su parte, señala como eco del prólogo a la Primera parte del *Quijote*, lo expuesto por nuestro autor acerca de la génesis de su obra, en la *Historia de mis libros* (presencia, en ambos casos, de un «amigo» que alecciona).

Actitud narrativa

Frente al mundo que está creando, Alarcón se si-
túa, mantiene una *actitud de dominio*. Desde las primeras líneas, trata ya de establecer una amplia distancia temporal, dándonos los datos de una precisa
localización: «comenzaba este largo siglo...», que
completa con otros detalles secundarios: rey, modos
de vida, «historia»... De esta manera, y por si no
bastaran todas las matizaciones del prefacio, no existe
duda de que el asunto está arrancado de un pasado,
que precisamente tampoco es un «ayer» inmediato.
En consecuencia, él aparece también como depósito
de ese suceso y, paso a paso, nos lo va entregando;
más todavía: lógicamente, en esta entrega el autor
ha de intervenir, debe verse su mano, debe guiarnos,
orientarnos, «tomar partido», calificar. Sin detener-
nos demasiado en ello, pongamos unos ejemplos de
estas fórmulas de intervención: «*Basta ya de generalidades y de circunloquios, y entremos* (capítulo II)»;
«*empiezo por responderos de que* (capítulo IV)»;
«*Vais a saberlo inmediatamente* (capítulo VII)»; «*sigamos por nuestra parte* (capítulo XVI)»; «*abandonemos por ahora* (capítulo XXI)»; «*dejemos, pues* (capítulo XXII)»; «*Precedámosles nosotros* (capítulo XXV)», etc. Naturalmente, Alarcón está respondiendo a los supuestos de creación de la novela
del XIX.

Personajes

Todos los críticos han coincidido, unánimemente,
en destacar el magistral perfil que Alarcón traza de
sus personajes, la enorme plasticidad en los retratos,
logrados con unas suaves pinceladas, sabiamente
dosificadas. La seña Frasquita (capítulo IV), el tío
Lucas (capítulo V) y el Corregidor (capítulo VIII),

son los primeros en aparecer. Indudablemente, el apunte de la molinera (como el de doña Mercedes) es el más convencional. No resulta extraño: ese mismo convencionalismo —tabús, dice Hinterhäuser al estudiar los *Episodios*, de la sociedad burguesa—, se registra en Galdós, en Valera, en Pereda, etc. Falta, sí, vida y sobran arquetipos. En este caso, «parecía una Niobe colosal (...), una matrona romana de las que aún hay ejemplares en el Trastevere (...)»; luego, «rientes labios», «redonda barba», «picarescos mohínes», «cara llena de sal y de hermosura y radiante...». Todavía nos dará de ella otras pinceladas del mismo estilo: «pálida y serena como una estatua de mármol», carcajada «alegre y argentina», «gallardía de su cabeza», «de alabastrino color», «de azules e insondables ojos», «parecía creada por el pincel de Rubens», etc.

Por el contrario, la presentación del tío Lucas y del Corregidor es un gran acierto. Con ellos, Alarcón convierte en negra la pincelada, apura la deformación anticipando —como indica Gaos— la técnica de Valle-Inclán, sobre todo del Valle humorista, el del *esperpento*. Claro que la intención (trátese del molinero, trátese del pícaro viejo) es en cada caso bien distinta.

Los dos surgen con rasgos semejantes: pequeño, cargado de espaldas, narigón, orejudo, picado de viruelas (el tío Lucas); casi jorobado, endeblillo, piernas arqueadas, «parecía cojo de los dos pies» (el Corregidor). Y si su rostro «era regular», véase que esos aceptables rasgos físicos aparecen en seguida negados por los espirituales que conllevan: ojos → cólera, despotismo, lujuria; facciones → malicia artera. Pero, además, este retrato adquiere todavía mayor intensificación, profundidad, con dos complementos: la figura de *Garduña* (que carece de autonomía) es «sombra de su vistoso amo»; algo así como si todos los rasgos del Corregidor, quisiera el escritor prolongarlos en «aquel espantajo negro», flaco, agilísimo, de largo cuello, de repugnante rostro, «huracán en busca de criminales». En segundo lugar —citando nuevamente a Gaos—, la importancia que, en su bosquejo, tiene la indumentaria, pues no sin razón el capítulo VIII —el de su presentación— se titula *El hombre del sombrero de tres picos*.

El fin de esta deformación es, como se anticipaba, distinto. En el tío Lucas se trata de montar un agudo contraste y, de hecho, resaltar sus cualidades espirituales: simpatía, ingenio; valiente, leal, honrado... En el Corregidor, se busca una *cosificación* del personaje que, de hecho también, nos arrastrará a ver más vivos, más en relieve, sus negativos rasgos espirituales. Y esta misma intención (e idéntica técnica) la encontraremos aplicada a los personajes secundarios, a los que forman el entorno humano: canónigos, alguacil, alcalde, etc.

La sintaxis que Alarcón establece entre todos los personajes que integran el gran cuadro es compleja. En líneas generales, puede decirse que funcionan en dos grandes bloques que a su vez se conectan, y, dentro de cada bloque, distribuidos en dos planos, lo cual da a la composición una perfecta simetría. Luego, la variedad de movimientos intencionales le otorga también una riqueza sorprendente. Véase, para mayor claridad, un esquema (que puede aclarar el importante juego de contrastes entre ellos):

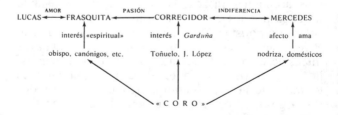

38

Hay en la presentación del espacio, del ambiente enmarcador de la historia, una viva sugerencia de añoranza, de evocación idílica. En algún caso, la misma escena hasta parece encubrir cierto simbolismo (cfr. Gaos, citando los capítulos X, XI), en los que «hay como un erótico trasunto de la escena bíblica: la tentación de Eva...». De este modo, Alarcón recoge también un *topos* —el *locus amoenus*—, tan vigente en la novela del XIX, en Valera, en Pereda, en Palacio Valdés, por citar algunos ejemplos estudiados.

No obstante, es necesario destacar —de acuerdo con Montesinos— lo que en esta evocación, en esta añoranza de un ambiente responde, más allá de la presencia de un *topos*, a vivencia personal, a mundo vivido y existencialmente presente, a marco que, convertido ya fatalmente en pasado, dejó huella en el autor (cfr. los datos acerca de su familia, la vida hidalga de sus ascendientes, etc.). El matiz a veces irónico, a veces levemente dramático de esa evocación, puede ser claro índice de lo dicho.

La estructuración del espacio es en *El sombrero...* perfecta, está armónicamente organizada. Sobre el montaje de dos amplios núcleos —el molino/la ciudad (que corresponden, como se verá, a dos grandes ejes de la acción), por una técnica de *acercamiento espacial*, de enfoque sobre planos cada vez más próximos, más en primer término (*Azorín* usará este procedimiento muchas veces)— se va produciendo una descomposición en núcleos menores que, paralelamente, enmarcan de modo justo los puntos cruciales de la acción. La sintaxis simétrica, se repite aquí también (simetría de espacios). Así, un bloque A) molino → emparrado/[alcoba]-cocina) y un bloque B) (ciudad → plaza, corregimiento/[habitación]-salón), teniendo como ejes respectivos cocina/salón. La precisión se completa con las correspondientes localizaciones temporales y las tonalidades que los motivos escénicos parciales sugieren. Lo esquematizaremos de la siguiente manera:

A) MOLINO			B) CIUDAD			
T_1	T_2		T_2			T_1
tarde	*noche*		*noche*		*alba*	*tarde*
↓	↓		↓		↓	↓
emparrado	molino-[alcoba] cocina		plaza-corregimiento [balcón]	salón	camino	emparrado
↓	↓		↓	↓	↓	↓
colorido	fantasmal		fantasmal	luz	luz	colorido

* casa/pajar – – – – → ← – – – – * salón de sesiones

Finalmente, una misma *escena* (mismo espacio-personajes) —pero es obvio, en distintos tiempos— enlaza comienzo y final efectivo, sirve para abrir y cerrar el desarrollo del asunto, completándose de este modo la estructuración de la obra en planos simétricos, es decir, en planos que a un lado y a otro del eje se van correspondiendo (cfr. esquema anterior).

Movimientos, composición

La sintaxis de los personajes ya presentó el movimiento general de la obra: la pasión, la tentación Corregidor-molinera. De éste, se desencadena otro secundario cuyo motor son los celos (Lucas-Frasquita), y que provoca un nuevo conflicto —fingida pasión Lucas-Corregidora— superpuesto al anterior. Cada uno de estos dos movimientos tiene su eje de localización: la cocina (primer clímax), el salón (segundo clímax) donde, a su vez, se da el desenlace. Será curioso hacer notar cómo Alarcón conduce a un clímax y a otro con táctica muy semejante de provocación: en el primer caso (cocina), el ojo de la cerradura (alcoba) delator; en el segundo, el ventanillo

40

al que se asoman el ama («mi amo vino hace una hora») y la señora, y, como confirmación de la sospecha, la puerta del gabinete por la que entra el molinero.

Los dos espacios claves, además, se montan en contraste (adecuación a las situaciones): choque tinieblas-luz, fuego de chimenea-suntuosas lámparas, pequeñez (opresión)-amplitud (liberación), zafiedad-finura (en los personajes), dinamismo-estatismo, exaltación-frialdad, serenidad. Ambos participan, eso sí, de una *presencia* que es, a la vez, elemento inicialmente desencadenante del primer conflicto y del que luego se superpone, y que —aquí disiento de V. Gaos— lejos de representar en la obra un tratamiento animado de lo inerte (las ropas del Corregidor), *cosifican* a los personajes que las usan, los convierten en títeres grotescos (lo mismo puede afirmarse, a partir de cierto momento, de las ropas del molinero).

Pero los movimientos en la obra (el *dinamismo* es un rasgo esencial) no terminan aquí. En un segundo, en un tercer plano, los personajes se mueven, se trasladan, actúan sometidos a un ritmo cada vez más intenso, más desorganizado, más caótico (acentuación de lo grotesco), y crean escenas llenas de agilidad. Así, Garduña viaja al pueblo y al molino; Toñuelo, al molino-pueblo; Lucas, al pueblo-molino; el Corregidor, ciudad-molino; Frasquita, pueblo-molino, para converger todos juntos a la puerta del corregimiento y en el salón. Luego, los capítulos XXII y XXVII nos presentan dos de esas escenas dinámicas: «*Garduña se multiplica*», y la pelea —que citamos a propósito de los antecedentes— entre Frasquita, Toñuelo, Juan López, Corregidor, Garduña...

La composición de *El sombrero...* responde, según el análisis de Oldřich Bělič, a la de la comedia clasicista. Dejando el capítulo XXXVI (*Conclusión, moraleja y epílogo*), los treinta y cinco se distribuyen en cinco partes (= cinco actos), que se corresponden con los cinco momentos de la acción, es decir, *exposición-*

intensificación-culminación-declinación-desenlace, respetando además las reglas de las unidades de acción, tiempo y lugar. Pero —siguiendo con la opinión de Belic— el manejo que en la obra hace Alarcón del tiempo (con acciones simultáneas y cambios en el orden lineal cronológico) es propio, efectivamente, de la épica y no de la dramática. De ahí, en fin, su conclusión: «*El sombrero de tres picos*, a pesar de que su composición (…) se amolde perfectamente a la fórmula de la comedia clasicista, es una estructura genuinamente épica.»

De todas formas, y aun compartiendo el agudo esquema de Belic, pienso que un análisis de articulaciones más profundas, más complejas —a nivel de *historia* y *discurso*— (y al que ni por espacio ni por momento puedo acercarme ahora), quizá presentaría otros matices de estructura no tenidos en cuenta, y de una gran validez o pertinencia dentro del cuerpo del relato. Así, por ejemplo, la distribución de las *claves anecdóticas* y reiteración de *motivos*, la función de los cuadros o de parte de sus elementos *(leit motivs*, símbolos), el manejo de la *cronología subjetiva*, los cambios de perspectiva (narrado/comentado), etc., para poder integrar después todo ese conjunto en lo que consideramos que es la auténtica clave de la obra, y que a continuación se pasa a analizar.

Clave final

En muchas ocasiones, y buscando precisamente esa *clave* última de la obra, los críticos se han planteado y discutido el desenlace dado por Alarcón: ¿prejuicios, escrúpulos, estética…? A mi modo de ver, tal enfoque adolece de dos leves errores, sorprendentemente reiterados una y otra vez. Los resumiremos en la formulación de estas dos preguntas: ¿por qué esa polarización sobre el hecho del adulterio (que no aparece, claro), desarticulando además el desenlace del organismo de la obra?; ¿por qué la constante referencia y comparación del desenlace con los antecedentes, cuando aparte ya la distancia artística, y al coincidir sólo en elementos «brutos», en datos, está claro que son dos mundos diferentes (intención, creación, etc.), y que tal comparación queda invalidada?

Insistir en esos planteamientos, pensando en un desenlace *que se pudo dar*, no conduce a ninguna salida. En el mejor de los casos, hubiera sido el *resultado de...*, justamente *el final de* unos conflictos, de unas situaciones o motivos nucleares —ejes de la obra— que, al parecer, nadie toma en consideración. O, si se toman, es en «marcha atrás», es decir, analizándolos en función de como la obra termina o pudo terminar, cuando no en función de rasgos genéricos de nuestra historia literaria.

Tal vez, como suele suceder a menudo, la línea que nos pueda llevar a la clarificación arranque de la pregunta más elemental: ¿qué plantea Alarcón? Evidentemente —y eso es lo que está en las páginas, lo que las mueve—, una pasión, una tentación/celos. Ahora bien: ¿desde qué *actitud*, con qué *forma de ver...*? Contestar a esto supone ya una mayor dificultad; por encima de todo, supone deslindar términos *(comicidad, ironía, humor)* que, en absoluto sinonímicos, con harta frecuencia han sido usados de forma equívoca y, consecuentemente, han ido tensando más y más los hilos de las confusiones.

En *O segredo do humor* (Vigo, Galaxia, 1963) —libro definitivo sobre tan difícil tema—, Celestino F. de la Vega explica con extrema claridad cómo el *conflicto cómico* se marca «por la manera de comenzar, por su desarrollo y por el desenlace». Según su detenido análisis, que, naturalmente, resumimos de forma bien incompleta, ya desde el comienzo «existe una desproporción de fuerzas», con lo cual la actitud cómica

43

«es una provocación, un desafío ingenuo a una necesidad evidente». Tal necesidad, que en una situación caracterizada por la «multiplicidad de sentidos, de relaciones contradictorias, excluyentes» sólo no presenta su evidencia a una «ceguera viciosa, *anormal*, y, por eso, risible, ridícula», encuentra finalmente en el desenlace o *réplica* «el hacerse valer, el restablecimiento de la regla, de la ley (...) que fue desconocida, inadvertida».

Pues bien: desde estos supuestos, creo que éste es el auténtico sentido de *El sombrero...*, la radical actitud alarconiana ante su obra. Ciertamente, ya E. de Chasca señaló ciertos atisbos a este respecto, con lo que, además, añadía un interesante punto a los estudios acerca del humor en nuestros prosistas del XIX y XX (cfr. Nimetz, De Coster, Romeu y, más confusamente, Vilas, etc.). Claro que, disintiendo de su idea central, me parece que la *base cómica* no radica, con exactitud, en «representar irreverentemente una situación que los interesados tienen por catastrófica». O, al menos, existen multitud de rasgos, datos, infracciones, etc., que conviene perfilar.

En resumen: ¿cómo formaliza Alarcón el *conflicto cómico?* Ya se ha visto de qué manera, en su estructura, *El sombrero...* responde a una serie de *infracciones*. Tales *infracciones* fundamentales —ruptura de la linealidad (relación entre los capítulos XIX, XX y XXI), acciones simultáneas (por ejemplo, capítulos XIX/XXIII), etc.— están, sin duda, orientadas hacia una clave: con ellas se consigue, justamente, y a partir de la *culminación* en el capítulo XX que Bělič señala, el necesario *distanciamiento* propio de lo cómico (capítulo XXI, explicativo). Es decir: desde ese momento, el lector ya está en el «secreto», ya va siempre «por delante», ya se ha anticipado a toda la multiplicidad en la que se mueven los personajes (así, ante los capítulos XXIV y XXVI). Más claramente: su situación es, en consecuencia, de total *su-*

perioridad, de *dominio*, de una plena *relajación* que, por supuesto, rompe su implicación en el conflicto.

Pero si ésta es clave fundamental, no menos importantes son otros *motivos-soporte* que Alarcón, con fina agudeza, disemina todo a lo largo de la obra, especialmente en los grupos de *exposición e intensificación*. O sea, toda una serie de notaciones, indicios, juegos, montajes, etc., que adquieren ahora, desde esta perspectiva, un relieve especial: la táctica deformadora de los personajes, el valor connotativo de las ropas del Corregidor *(cosificación)*, las relaciones Corregidor-Frasquita (cfr. Gaos), el caótico dinamismo apuntado, así como el montaje contrastivo entre *cuadros* idílicos y grotescos, por ejemplo, la serie VI-X-XV/XI-XII-XXVII, y ese especial *motivo* de los rebuznos (= inocencia) que, en tono tragicómico, va enlazando los capítulos XIX-XXIII-XXXIII [1].

El desenlace o *réplica*, lo que líneas arriba citábamos como «el restablecimiento de la ley», es ejecutado por dos agentes (principal/secundario): la Corregidora y el Obispo. La aparición de una (capítulo XXIX) y la reaparición del otro (capítulo XXXVI), abren y cierran, con precisión, la última parte. A lo largo de esos siete capítulos —y en especial el XXXIII-XXXIV-XXXV—, el orden, el *nomos*, la necesidad se hacen evidentes a todos, polarizándose el movimiento de conversión sobre dos *motivos* de especial reiteración: los rebuznos (= inocencia), las ropas (vinculadas a la tensión clave de la obra). Finalmente, el obispo, como agente secundario, restablece (o, mejor, confirma) la línea idílica molinero-Frasquita y el *cuadro* inicial (también idílico) del molino.

El sombrero de tres picos, en definitiva, responde sabiamente en su estructura, en sus niveles de *historia* y *discurso*, en sus *claves anecdóticas*, en sus *motivos*,

---

[1] Cfr. este *motivo* con la aventura del *Quijote*, II, 25, 27, analizada, entre otros, por Leo Spitzer.

etcétera, y todo ello en función de unas peculiares infracciones, relaciones, reiteraciones, contrastes..., a la radical actitud, al sentido que Alarcón se planteó: un *conflicto cómico*.

La crítica. Ediciones

Unánimemente, todos coinciden en señalar *El sombrero...* como la más importante obra de Alarcón. Para Luis Alfonso, por ejemplo (en artículo que en ediciones aparecerá como prólogo), aparte la tan inexacta opinión de que «nuestro escritor ha sabido en ciertos momentos mojar la pluma de Quevedo en la paleta de Goya», en estas páginas se encuentra el retratista, el paisajista, el inventor de efectos, el pintor de géneros, el artista sabio. En la opinión de Revilla, estamos ante «lo más delicado y bien concluido que ha producido en nuestros días la literatura española», además de que «sólo a él es dado hacer una novela deliciosa, tomando como base un vulgar y viejo romance». Ya se sabe —cita tópica— lo afirmado por la Pardo Bazán: «punto culminante de la producción alarconiana», «el rey de los cuentos...». Entre los críticos más actuales, para Montesinos la ejemplaridad de *El sombrero...* reside en «la mayor austeridad en la disciplina de la composición y el estilo, sin esa 'vanidosa exhibición de sí mismo'». Vicente Gaos lo considera «obra de plenitud», el cuento «más feliz, acaso, del Realismo español». ¿Es suficiente?

El éxito de la obra, desde su publicación hasta nuestros días, se hace patente todavía más en el conjunto de versiones y adaptaciones (ópera, ballet, teatro, cine...), en el número de traducciones que se han ido sucediendo. Por citar los ejemplos más destacados, en mayo de 1893 se estrena en el Teatro Príncipe Alfonso la comedia musical del mismo título, original del maestro Giró, aunque con escaso éxito popular. De 1896 es la ópera *Der Corregidor* que con libreto de Rosa Maysedes y música de Hugo Wolf (que dejará sin terminar otra basada en *El niño de la Bola* [1903]), se presenta en el teatro de Mauheim (Badem).

El 22 de julio de 1919, en Londres, se estrena el ballet de Falla —que en España se había anticipado fragmentariamente—, con libreto de Martínez Sierra, decorados de Picasso, coreografía de Massine y bajo la dirección de Ansermet: éxito extraordinario. Al mismo tiempo, es de justicia resaltar que dos motivos del ballet (por encima de otros muchos, claro) son indicativos de lo bien que se supo calar en las claves cómicas de la obra: el manteo final del Corregidor y, musicalmente, el motivo de fagot que acompaña siempre a tal personaje. Recientemente, en 1966, fue presentado por el bailarín Rafael de Córdova, en el Festival Messi Dor de Toulouse. Por último, deben incluirse aquí dos obras que arrancan de los motivos de *El sombrero...*: *La feria de Cuernicabra*, de Alfredo Mañas, y *La pícara molinera*, de Juan Ignacio Luca de Tena. Y una tercera, la más importante: *La molinera de Arcos*, de Alejandro Casona.

En lo referente a las traducciones, ya de 1877 es la portuguesa (que tanto agradaba a Alarcón); de 1878 son la alemana y la francesa (en Lyon), diciéndonos con ese motivo la prensa del momento que «empieza a conocerse en Francia la moderna literatura española». De 1879, la italiana, y, por unas cartas de Valera (1885 y 1886), sabemos de las gestiones para la edición en Estados Unidos que harán D. Appleton y Cía. (NY), a los que jocosamente titula el autor de *Pepita Jiménez* (no debían de marchar bien los asuntos) «más que yanquees, suecos». El mismo Alarcón nos da noticia en la *Historia...* (1881) de que ya por esas fechas existían, además, traducciones al ruso, inglés, rumano, etc.

La primera edición de la obra se publicó en las páginas de la *Revista Europea:* Año I, 2 de agosto de 1874, número 23, páginas 129-136, capítulos I-VII; 9 de agosto, número 24, páginas 161-170, capítulos VIII-XIV; 16 de agosto, número 25, páginas 201-208, capítulos XV-XX; 30 de agosto, número 27, páginas 265-271, capítulos XXI-XXVII, y 6 de septiembre, número 28, páginas 297-306, capítulos XXVIII-XXXVI. Adviértase (cuestión creo que no apuntada) cómo Alarcón, en las «entregas», estructura la publicación en *cinco conjuntos* que se aproximan a los marcados por Bělič, y, según nuestra interpretación, marcando el *distanciamiento* a partir de la penúltima entrega, que se inicia con el explicativo capítulo XXI. Creo, en fin, que su distribución es muy justa, examinada desde la perspectiva del *sentido cómico.*

Poco tiempo después, en la misma imprenta de Medina y Navarro, se publicaba como tomito independiente.

Para nuestra edición hemos seguido la de las *Obras completas,* Ed. Fax, pero teniendo presente la primera citada de la *Revista Europea.* Las variaciones sobre ésta se indican del modo siguiente:

a) Los corchetes en el texto señalarán *ampliaciones.*

b) A pie de página, marcan las supresiones realizadas por el autor.

c) Los simples cambios o variantes, van como *nota.*

Bibliografía

A) Ediciones

Obras con biografía por Mariano Catalina, «Col. Escritores Castellanos», 19 vols., Madrid, 1881-1928.
Novelas completas. Ordenación, ideario e índice analítico de temas por Joaquín Gil, Buenos Aires, 1942.
Obras completas, comentario preliminar de Luis Martínez Kleiser y biografía por Mariano Catalina, Madrid, Editorial Fax, 1943.
El sombrero de tres picos, ed. Benjamím B. Bourland, Nueva York, Holt, 1907.
– ed. J. P. N. Crawford, Londres, 1930.
—ed. de bibliófilo, Barcelona, G. Gili, 1934.
—ed. de Rafael Alberti, Buenos Aires, Pleamar, 1944.
—ed. Edmund V. de Chasca, Boston, Ginn and C.ª, 1952.
—ed. E. H. Hespelt, Boston, Heath, 1958.
—ed. Carlos D. Hamilton, Nueva York, Holt, 1958.
—presenté par M. Lecoste, París, Belin, 1961.

B) Estudios

«Don Pedro Antonio de Alarcón», en *Asamblea Constituyente de 1869. Biografías de todos los representantes de la Nación*, con un prólogo y bajo la dirección de A. Fernández de los Ríos, Madrid, 1869, pág. 329.
Palacio Valdés, A., «Don Pedro Antonio de Alarcón», en *Los novelistas españoles* (Semblanzas literarias), Madrid, 1878.
Revilla, M. de la, *Obras*, Madrid, Ateneo Científico, 1883.
—*Críticas*, 1.ª serie, Burgos, 1884.
Alas, L., «Clarín», «Alarcón», en *Nueva campaña* (1885-1886), Madrid, Fernando Fe, 1887.
—«El testamento de Alarcón», en *Mezclilla*, Madrid, Fernando Fe, 1889.

BLANCO GARCÍA, P. Francisco, *La literatura española en el siglo XIX*, 3 vols., Madrid, Sáenz de Jubera, 1891-1894.

PARDO BAZÁN, E., *Alarcón, estudio biográfico*, Madrid, Imp. de la Compañía de Impresores y Libreros, a cargo de don Agustín Avrial, s. a.

BONILLA Y SAN MARTÍN, A., «Los orígenes de *El sombrero de tres picos*», en *Revue Hispanique*, XIII (1905), págs. 5-17.

FOULCHÉ-DELBOSC, R., «D'oú derive *El sombrero de tres picos*», en *Revue Hispanique*, XVIII (1908), págs. 468-487.

GONZÁLEZ BLANCO, A., *Historia de la novela en España desde el Romanticismo a nuestros días*, Madrid, Sáenz de Jubera, 1909.

GÓNGORA Y AYUSTANTE, M. de, *Pedro Antonio de Alarcón, novelista*, Granada, Tip. Comercial, 1910.

FERNÁNDEZ, B., «La *Mujer piadosa* de la guerra de África. Aclaración a un pasaje de Alarcón», en *La Ciudad de Dios*, CVII (1916), págs. 189-199, 275-293..

GUILLET, J. E., «A new analogue of A.'s *El sombrero de tres picos*», en *Revue Hispanique*, LXXIII (1928), págs. 616-628.

«AZORÍN»: «Alarcón», en *Andando y pensando*, Madrid, 1929.

«ANDRENIO», *El renacimiento de la novela en España en el siglo XIX*, Madrid, Mundo Latino, 1929.

PLACE EDWIN, B., «The antecedens of *El sombrero de tres picos*», en *Philological Quartely*, VIII (1929), págs. 39-42.

BALSEIRO, J. A., «Pedro Antonio de Alarcón», en *Novelistas españoles modernos*, Nueva York, Mac Millan, 1933.

ATKINSON, W. C., «Pedro Antonio de Alarcón», en *Bulletin of Spanish Studies*, X (1933), págs. 136-141.

BARJA, C., *Libros y autores modernos*, 2.ª ed. rev., Los Ángeles, 1933.

ROMANO, J., *Pedro Antonio de Alarcón, novelista romántico* (Vidas españolas e hispanoamericanas del s. XIX), Madrid, Espasa-Calpe, 1933.

HESPELT, H., «Alarcón as editor of *El Látigo*», en *Hispania*, XIX (1936), págs. 319-336.

BAQUERO GOYANES, M., «Unas citas de Alarcón sobre la fealdad artística», en *Boletín de la Biblioteca Menéndez Pelayo* (1946), págs. 373-376.

—*El cuento español en el siglo XIX*, Madrid, CSIC, 1949.

F. Montesinos, J., «Notas sueltas sobre la fortuna de Balzac en España», en *Revue de Litérature comparée*, XXIV (1950).

Soria Ortega, A., «Ensayo sobre P. A. de Alarcón y su estilo», en *Boletín de la Real Academia Española*, XXXI (1951), págs. 45-92, 461-500; XXXII (1952), págs. 119-145.

Geers, G. J., *Maesters der spaanse vertelkunts: Alarcón, Bécquer, Pardo Bazán*, Amsterdam, 1952.

Chasca, E. de, «La forma cómica en *El sombrero de tres picos*», en *Hispania*, XXXVI (1953), págs. 283-288.

F. Montesinos, J., *Pedro Antonio de Alarcón*, «Biblioteca del Hispanista», Zaragoza, Librería General, 1955.

Baquero Goyanes, M., «*Adolphe* y *La Pródiga*», en *Prosistas españoles contemporáneos*, Madrid, Rialp, 1956, páginas 19-31.

Ashcoom, B., «Verbal and Conceptual Parallels in the Plays of Alarcón», en *Hispanic Review*, XXV (1957), páginas 26-49.

Mazzara, R. A., «Dramatic variations on themes of *El sombrero de tres picos*, *La zapatera prodigiosa* y *Una viuda difícil*», en *Hispania*, XLI (1958), págs. 186-189.

Grau, J., «P. A. de Alarcón, periodista», en *Gaceta de la Prensa Española*, núm. 114, Madrid, 1958, págs. 3-52.

Cossío, J. M.ª de, «Bibliografía decimonónica. Zorrilla, la Avellaneda y Alarcón», en *Boletín de la Biblioteca Menéndez Pelayo*, XXXIV (1958), págs. 262-267.

Baquero Goyanes, M., «La novela española en la segunda mitad del siglo XIX», en *Historia General de las Literaturas Hispánicas*, t. V, Barcelona, 1958.

F. Montesinos, J., «Sobre *El escándalo*, de Alarcón», en *Ensayos y estudios de literatura española*, México, De Andrea, 1959, págs. 170-201.

Gaos, V., «Técnica y estilo de *El sombrero de tres picos*», en *Temas y problemas de literatura española*, Madrid, Guadarrama, 1959, págs. 177-201.

Winslow, R. W., «The distinction of structure in A.'s *El sombrero de tres picos* and *El Capitán Veneno*», en *Hispania*, XLVI (1963), págs. 715-721.

Bensoussan, A., «*El Niño de la Bola* d'A. sur les planches», en *Les Langues Nèo-Latines*, LIX, París, 1965-1966, páginas 29-34.

PICOCHE, J. L.: «*El sombero de tres picos* y *La capa grana*. Origines de deux personnages et de deux accesoires de la nouvelle d'Alarcón», en *Melanges à la memoire de Jean Sarrahilh*, II, París, 1966, págs. 253-260.

PARDO CANALÍS, E., *Pedro Antonio de Alarcón*, Madrid, Compañía Bibliográfica, 1966.

SIMÓN DÍAZ, J., «Bibliografía complementaria sobre autores del siglo XIX. I: P. A. de Alarcón», en *Revista de Literatura*, XXXI (1967), págs. 181-195.

MONTES, M., «Sencillez arquitectónica y aderezos estilísticos utilizados por P. A. de Alarcón», en *Hispanófila*, 34 (1968), págs. 47-57.

HAFTER, M. Z., «Alarcón in *El escándalo*», en *Modern Language Notes*, LXXXIII (1968), págs. 212-225.

BĚLIČ, O., «*El sombrero de tres picos* como estructura épica», en *Análisis estructural de textos hispanos*, «Col. El Soto», Madrid, Prensa Española, 1969, págs. 115-141.

GALLEGO MORELL, A., «Valera y Alarcón se asoman al Vesubio», en *En torno a Garcilaso y otros ensayos*, «Col. Punto Omega», Madrid, Guadarrama, 1970, págs. 71-76.

JIMÉNEZ FRAUD, A., *Juan Valera y la generación de 1868*, Madrid, Taurus Ediciones, 1973.

El sombrero de tres picos

Historia verdadera de un sucedido que anda en romances, escrita ahora tal y como pasó.

Boceto de Picasso para el ballet de Falla *El sombrero de tres picos*.

I

De cuándo sucedió la cosa

Comenzaba este largo siglo, que ya va de vencida. No se sabe fijamente el año: sólo consta que era después del de 4 y antes del de 8.

Reinaba, pues, todavía en España don Carlos IV de Borbón; *por la gracia de Dios*, según las monedas, y por olvido o gracia especial de Bonaparte, según los boletines franceses. Los demás soberanos europeos descendientes de Luis XIV habían perdido ya la corona (y el Jefe de ellos la cabeza) en la deshecha borrasca que corría esta envejecida parte del mundo desde 1789.

Ni paraba aquí la singularidad de nuestra patria en aquellos tiempos. El Soldado de la Revolución, el hijo de un oscuro abogado corso, el vencedor en Rívoli, en las Pirámides, en Marengo y en otras cien batallas, acababa de ceñirse la corona de Carlo Magno y de transfigurar completamente la Europa, creando y suprimiendo naciones, borrando fronteras, inventando dinastías y haciendo mudar de forma, de nombre, de sitio, de costumbres y hasta de traje a los pueblos por donde pasaba en su corcel de guerra como un terremoto animado, o como el «*Antecristo*», que le llamaban las Potencias del Norte... Sin embargo, nuestros padres (Dios les tenga en su santa Gloria), lejos de odiarlo o de temerle, complacíanse aún en ponderar sus descomunales hazañas, como si se tratase del héroe de un libro de caballerías, o de cosas que sucedían en otro planeta, sin que ni por asomo recelasen que pensara nunca en venir por acá a intentar las atrocidades que había hecho en Francia, Italia, Alemania y en otros países. Una vez por semana (y dos a lo sumo) llegaba el correo de Madrid a la mayor parte de las poblaciones importantes de la Península, llevando algún número de la *Gaceta* (que tampoco era diaria), y por ella sabían las personas principales (suponiendo que la *Gaceta* hablase del particular) si existía un estado más o menos allende el Pirineo, si se había reñido otra batalla en que peleasen seis u ocho reyes y emperadores, y si Napoleón se hallaba en Milán, en Bruselas o en Varsovia... Por lo demás, nuestros mayores seguían viviendo a la antigua española, sumamente despacio, apegados a sus rancias costumbres, en paz y en gracia de Dios, con su Inquisición y sus frailes, con su pintoresca desigualdad ante la ley, con sus privilegios, fueros y exenciones personales, con su carencia de toda libertad municipal o política, gobernados simultáneamente por insignes obispos y poderosos corregidores (cuyas respectivas potestades no era muy fácil deslindar, pues unos y otros se metían en lo temporal y en lo eterno), y pagando diezmos, primicias, alcabalas, subsidios, mandas y limosnas forzosas, rentas, rentillas, capitaciones, tercias reales, gabelas, frutos-civiles, y hasta cincuenta tributos más, cuya nomenclatura no viene a cuento ahora.

Y aquí termina todo lo que la presente historia tiene que ver con la militar y política de aquella época; pues nuestro único objeto, al referir lo que entonces sucedía en el mundo, ha sido venir a parar a que el año de que se trata (supongamos que el de 1805) imperaba todavía en España el *antiguo régimen* en todas las esferas de la vida pública y particular, como si, en medio de tantas novedades y trastornos, el Pirineo se hubiese convertido en otra Muralla de la China.

II

De cómo vivía entonces la gente

En Andalucía, por ejemplo (pues precisamente aconteció en una ciudad de Andalucía lo que vais a oír), las personas de *suposición* continuaban levantándose muy temprano; yendo a la Catedral a *misa de prima*, aunque no fuese *día de precepto:* almorzando, a las nueve, un huevo frito y una jícara de chocolate con picatostes; comiendo, de una a dos de la tarde, puchero y principio, si había caza, y, si no, puchero sólo; durmiendo la siesta después de comer; paseando luego por el campo; yendo al rosario, entre dos luces, a su respectiva parroquia; tomando otro chocolate a la oración (éste con bizcochos); asistiendo los muy encopetados a la tertulia del corregidor, del deán, o del título que residía en el pueblo; retirándose a casa a las ánimas; cerrando el portón antes del toque de la *queda;* cenando ensalada y *guisado* por antonomasia, si no *habían entrado* boquerones frescos, y acostándose incontinenti con su señora [los que la tenían], no sin hacerse calentar primero la cama durante nueves meses del año...

¡Dichosísimo tiempo aquel en que nuestra tierra seguía en quieta y pacífica posesión de todas las telarañas, de todo el polvo, de toda la polilla, de todos los respetos, de todas las creencias, de todas las tradiciones, de todos los usos y de todos los abusos santificados por los siglos! ¡Dichosísimo tiempo aquel en que había en la sociedad humana variedad de clases, de afectos y de costumbres! ¡Dichosísimo tiempo, digo..., para los poetas especialmente, que encontraban un entremés, un sainete, una comedia, un drama, un auto sacramental o una epopeya[1] detrás de cada esquina, en vez de esta prosaica uniformidad y desabrido realismo que nos legó al cabo la Revolución Francesa! ¡Dichosísimo tiempo, sí!...

Pero esto es volver a las andadas. Basta ya de generalidades y de circunloquios, y entremos resueltamente en la historia del *Sombrero de tres picos*.

---

[1] una leyenda, un cuento, una comedia, un drama, una novela, un sainete, un entremés, un auto sacramental o una epopeya.

III

Do ut des

En aquel tiempo, pues, había cerca de la ciudad de ***[2] un famoso[3] molino harinero (que ya no existe), situado como a un cuarto de legua de la población[4], entre el pie de suave colina poblada de guindos y cerezos y una fertilísima huerta que servía de margen (y algunas veces de lecho) al titular intermitente y traicionero río.

Por varias y diversas razones, hacía ya algún tiempo que aquel molino era el predilecto punto de llegada y descanso de los paseantes más caracterizados de la mencionada ciudad... Primeramente, conducía a él un camino carretero, menos intransitable que los restantes de aquellos contornos. En segundo lugar, delante del molino había una plazoletilla empedrada, cubierta por un parral enorme, debajo del cual se tomaba muy bien el fresco en el verano y el sol en el invierno, merced a la alternada ida y venida de los pámpanos... En tercer lugar, el Molinero era un hombre muy respetuoso, muy discreto, muy fino, que tenía lo que se llama don de gentes, y que obsequiaba a los señorones que solían honrarlo con su tertulia vespertina, ofreciéndoles... lo que daba el tiempo, ora habas verdes, ora cerezas y guindas, ora lechugas en

---

[2] [perteneciente al reino de Granada y cabeza de corregimiento].
[3] magnífico.
[4] en un delicioso paisaje, entre una colina.

rama y sin sazonar (que están muy buenas cuando se las acompaña de macarros de pan de aceite; macarros que se encargaban de enviar por delante sus señorías), ora melones, ora uvas de aquella. misma parra que les servía de dosel, ora *rosetas* de maíz, si era invierno, y castañas asadas, y almendras, y nueces, y de vez en cuando, en las tardes muy frías, un trago de vino de pulso (dentro ya de la casa y al amor de la lumbre), a lo que por Pascuas se solía añadir algún pestiño, algún mantecado, algún rosco o alguna lonja de jamón alpujarreño.

—¿Tan rico era el Molinero, o tan imprudentes sus tertulianos? —exclamaréis interrumpiéndome.

Ni lo uno ni lo otro. El Molinero sólo tenía un pasar, y aquellos caballeros eran la delicadeza y el orgullo personificados. Pero en unos tiempos en que se pagaban cincuenta y tantas contribuciones diferentes a la Iglesia y al Estado, poco arriesgaba un rústico de tan claras luces como aquél en tenerse ganada la voluntad de regidores, canónigos, frailes, escribanos y demás personas de campanillas. Así es que no faltaba quien dijese que el tío Lucas (tal era el nombre del Molinero) se ahorraba un dineral al año a fuerza de agasajar a todo el mundo.

—«Vuestra Merced me va a dar una puertecilla vieja de la casa que ha derribado», decíale a uno. «Vuestra Señoría (decíale a otro) va a mandar que me rebajen el subsidio, o la alcabala o la contribución de frutos-civiles.» «Vuestra Reverencia me va a dejar coger en la huerta del Convento una poca hoja para mis gusanos de seda.» «Vuestra Ilustrísima me va a dar permiso para traer una poca leña[5] del monte X.» «Vuestra Paternidad me va a poner dos letras para que me permitan cortar una poca madera en el pinar H.» «Es menester que me haga usarcé una

---

[5] *poca leña:* forma vulgar, en la que se suprime la preposición *de* del complemento (un poco de leña).

escriturilla que no me cueste nada.» «Este año no puedo pagar el censo.» «Espero que el pleito se falle a mi favor.» «Hoy le he dado de bofetadas a uno, y creo que debe ir a la cárcel por haberme provocado.» «¿Tendría su merced tal cosa de sobra?» «¿Le sirve a usted de algo tal otra?» «¿Me puede prestar la mula?» «¿Tiene ocupado mañana el carro?» «¿Le parece que envíe por el burro?...»

Y estas canciones se repetían a todas horas, obteniendo siempre por contestación un generoso y desinteresado... *Como se pide.*

Conque ya veis que el tío Lucas no estaba en camino de arruinarse.

IV

Una mujer vista por fuera

La última y acaso la más poderosa razón que tenía el *señorío* de la ciudad para frecuentar por las tardes el molino del tío Lucas, era... que, así los clérigos como los seglares, empezando por el señor obispo y el señor corregidor, podían contemplar allí a sus anchas una de las obras más bellas, graciosas y admirables que hayan salido jamás de las manos de Dios, llamado entonces el *Ser Supremo* por Jovellanos y toda la escuela afrancesada de nuestro país.

Esta obra... se denominaba «la señá Frasquita»[6].

Empiezo por responderos de que la señá Frasquita, legítima esposa del tío Lucas, era una mujer de bien, y de que así lo sabían todos los ilustres visitantes del molino. Digo más: ninguno de éstos daba muestras de considerarla con ojos de varón ni con trastienda pecaminosa. Admirábanla, sí, y requebrábanla en ocasiones (delante de su marido, por supuesto), lo mismo los frailes que los caballeros, los canónigos que los golillas[7], como un prodigio de belleza que honraba a su Criador, y como una diablesa de travesura y coquetería, que alegraba inocentemente los espíritus más melancólicos. «Es un *hermoso animal*»,

---

[6] *señá:* «señora». En diversas zonas (Madrid, Andalucia), la fonética popular elimina la -r-. El tratamiento *la señora...* (y no *doña*) es también propio de un nivel popular.

[7] *golillas:* «curial o empleado de los Tribunales».

solía decir el virtuosísimo prelado. «Es una estatua de la antigüedad helénica», observaba un abogado muy erudito, académico correspondiente de la Historia. «Es la propia estampa de Eva», prorrumpía el prior de los franciscanos. «Es una real moza», exclamaba el coronel de milicias. «Es una sierpe, una sirena, ¡un demonio!», añadía el corregidor. «Pero es una buena mujer, es un ángel, es una criatura, es una chiquilla de cuatro años», acababan por decir todos, al regresar del molino atiborrados de uvas o de nueces, en busca de sus tétricos y metódicos hogares.

La chiquilla de cuatro años, esto es, la señá Frasquita, frisaría en los treinta. Tenía más de dos varas de estatura[8], y era recia a proporción, o quizá más gruesa todavía de lo correspondiente a su arrogante talla. Parecía una Niobe colosal, y eso que no había tenido hijos: parecía un Hércules... hembra; parecía una matrona romana de las que aún hay ejemplares en el Trastevere. Pero lo más notable en ella era la movilidad, la ligereza, la animación, la gracia de su respetable mole. Para ser una estatua, como pretendía el académico, le faltaba el reposo monumental. Se cimbraba como un junco, giraba como una veleta, bailaba como una peonza. Su rostro era más movible todavía, y, por lo tanto, menos escultural. Avivábanlo donosamente hasta cinco hoyuelos: dos en una mejilla; otro en otra; otro, muy chico, cerca de la comisura izquierda de sus rientes labios, y el último, muy grande, en medio de su redonda barba. Añadid a esto los picarescos mohínes, los graciosos guiños y las varias posturas de cabeza que amenizaban su conversación, y formaréis idea de aquella cara llena de sal y de hermosura y radiante siempre de salud y alegría.

Ni la señá Frasquita ni el tío Lucas eran andaluces: ella era navarra y él murciano. Él había ido a la

---

[8] cinco pies de estatura.

ciudad de ***, a la edad de quince años, como medio paje, medio criado del obispo anterior al que entonces gobernaba aquella iglesia. Educábalo su protector para clérigo, y tal vez con esta mira y para que no careciese de *congrua*[9], dejóle en su testamento el molino; pero el tío Lucas, que a la muerte de Su Ilustrísima no estaba ordenado más que de *menores*, ahorcó los hábitos en aquel punto y hora, y sentó plaza de soldado, más ganoso de ver mundo y correr aventuras que de decir misa o de moler trigo. En 1793 hizo la campaña de los Pirineos Occidentales, como ordenanza del valiente general don Ventura Caro; asistió al asalto del Castillo Piñón, y permaneció luego largo tiempo en las provincias del Norte, donde tomó la licencia absoluta. En Estella conoció a la señá Frasquita, que entonces sólo se llamaba *Frasquita;* la enamoró; se casó con ella, y se la llevó a Andalucía en busca de aquel molino que había de verlos tan pacíficos y dichosos durante el resto de su peregrinación por este valle de lágrimas y risas.

La señá Frasquita, pues, trasladada de Navarra a aquella soledad, no había adquirido ningún hábito andaluz, y se diferenciaba mucho de las mujeres campesinas de los contornos. Vestía con más sencillez, desenfado y elegancia que ellas; lavaba más sus carnes, y permitía al sol y al aire acariciar sus arremangados brazos y su descubierta garganta. Usaba, hasta cierto punto, el traje de las señoras de aquella época, el traje de las mujeres de Goya, el traje de la reina María Luisa: si no falda de medio paso, falda de un paso solo, sumamente corta, que dejaba ver sus menudos pies y el arranque de su soberana pierna; llevaba el escote redondo y bajo, al estilo de Madrid, donde se detuvo dos meses con su Lucas al trasladarse de Navarra a Andalucía; todo el pelo recogido en lo alto de la coronilla, lo cual dejaba campear la

---

[9] *congrua:* «renta, paga».

gallardía de su cabeza y de su cuello; sendas arracadas en las diminutas orejas, y muchas sortijas en los afilados dedos de sus duras pero limpias manos. Por último: la voz de la señá Frasquita tenía todos los tonos del más extenso y melodioso instrumento, y su carcajada era tan alegre y argentina, que parecía un repique de Sábado de Gloria.

Retratemos ahora al tío Lucas.

V

Un hombre visto por fuera y por dentro

El tío Lucas era más feo que Picio. Lo había sido toda su vida, y ya tenía cerca de cuarenta años. Sin embargo, pocos hombres tan simpáticos y agradables habrá echado Dios al mundo. Prendado de su viveza, de su ingenio y de su gracia, el difunto obispo se lo pidió a sus padres, que eran pastores, no de almas, sino de verdaderas ovejas. Muerto Su Ilustrísima, y dejado que hubo el mozo[10] el seminario por el cuartel, distinguiólo entre todo su ejercito el general Caro, y lo hizo su ordenanza más íntimo, su verdadero criado de campaña. Cumplido, en fin, el empeño militar, fuele tan fácil al tío Lucas rendir el corazón de la señá Frasquita, como fácil le había sido captarse el aprecio del general y del prelado. La navarra, que tenía a la sazón veinte abriles, y era el ojo derecho de todos los mozos de Estella, algunos de ellos bastante ricos, no pudo resistir a los continuos donaires, a las chistosas ocurrencias, a los ojillos de enamorado mono y a la bufona y constante sonrisa, llena de malicia, pero también de dulzura, de aquel murciano tan atrevido, tan locuaz, tan avisado, tan dispuesto, tan valiente y tan gracioso, que acabó por trastornar el juicio, no sólo a la codiciada beldad, sino también a su padre y a su madre.

---

[10] [voluntariamente].

Lucas era en aquel entonces, y seguía siendo en la fecha a que nos referimos, de pequeña estatura (a los menos con relación a su mujer), un poco cargado de espaldas, muy moreno, barbilampiño, narigón, orejudo y picado de viruelas. En cambio[11], su boca era regular y su dentadura inmejorable. Dijérase que sólo la corteza de aquel hombre era tosca y fea; que tan pronto como empezaba a penetrarse dentro de él aparecían sus perfecciones, y que estas perfecciones principiaban en los dientes. Luego venía la voz, vibrante[12], elástica, atractiva; varonil y grave algunas veces, dulce y melosa cuando pedía algo, y siempre difícil de resistir. Llegaba después lo que aquella voz ·decía: todo oportuno, discreto, ingenioso, persuasivo... Y, por último, en el alma del tío Lucas había valor, lealtad, honradez, sentido común, deseo de saber y conocimientos instintivos o empíricos de muchas cosas, profundo desdén a los necios, cualquiera que fuese su categoría social, y cierto espíritu de ironía, de burla y de sarcasmo, que le hacían pasar, a los ojos del académico, por un don Francisco de Quevedo en bruto.

Tal era por dentro y por fuera el tío Lucas.

---

[11] únicamente.
[12] que era vibrante.

VI

Habilidades de los dos cónyuges

Amaba, pues, locamente la señá Frasquita al tío
Lucas, y considerábase la mujer más feliz del mundo
al[13] verse adorada por él. No tenían hijos, según que
ya sabemos, y habíase consagrado cada uno a cuidar
y mimar al otro con[14] esmero indecible, pero sin que
aquella tierna solicitud ostentase el carácter senti-
mental y empalagoso, por lo zalamero, de casi todos
los matrimonios sin sucesión. Al contrario, tratábanse
con una llaneza, una alegría, una broma y una confianza semejantes a las de aquellos[15] niños, camara-
das de juegos y de diversiones, que[16] se quieren con
toda el alma sin decírselo jamás, ni darse a sí mismos
cuenta de lo que sienten.

¡Imposible que haya habido sobre la tierra molinero
mejor peinado, mejor vestido, más regalado en la
mesa, rodeado de más comodidades en su casa, que
el tío Lucas! ¡Imposible que ninguna molinera ni
ninguna reina haya sido objeto de tantas atenciones,
de tantos agasajos, de tantas finezas como la señá
Frasquita! ¡Imposible también que ningún molino
haya encerrado tantas cosas necesarias, útiles, agradables, recreativas y hasta superfluas, como el que
va a servir de teatro a casi toda la presente historia!

[13] en.
[14] con un.
[15] a las de los.
[16] los cuales.

70

Contribuía mucho a ello que la señá Frasquita, la pulcra, hacendosa, fuerte y saludable navarra, sabía [quería] y podía guisar, coser, bordar, barrer, hacer dulce, lavar, planchar, blanquear la[17] casa, fregar el cobre, amasar, tejer, hacer media, cantar, bailar, tocar la guitarra y los palillos, jugar a la brisca y al tute, y otras muchísimas cosas cuya relación fuera interminable. Y contribuía no menos al mismo resultado el que el tío Lucas sabía, quería y podía dirigir la molienda, cultivar el campo, cazar, pescar, trabajar de carpintero, de herrero y de albañil, ayudar a su mujer en todos los quehaceres de la casa, leer, escribir, contar, etc., etc.

Y esto sin hacer mención de los ramos de lujo, o sea, de sus habilidades extraordinarias.

Por ejemplo: el tío Lucas adoraba las flores (lo mismo que su mujer), y era floricultor tan consumado, que había conseguido producir *ejemplares* nuevos por medio de laboriosas combinaciones. Tenía algo de ingeniero natural, y lo había demostrado construyendo una presa, un sifón y un acueducto que triplicaron el agua del molino. Había enseñado a bailar a un perro, domesticado una culebra, y hecho que un loro diese la hora por medio de gritos, según las iba marcando un reloj de sol que el molinero había trazado en una pared; de cuyas resultas, el loro daba ya la hora con toda precisión, hasta en los días nublados y durante la noche.

Finalmente: en el molino había una huerta, que producía toda clase de frutas y legumbres; un estanque encerrado en una especie de quiosco de jazmines, donde se bañaban en verano el tío Lucas y la señá Frasquita; un jardín; una estufa o invernadero para las plantas exóticas; una fuente de agua potable; dos burras en que el matrimonio iba a la ciudad o a los pueblos de las cercanías; gallinero, palomar, pa-

---

[17] su.

jarera, criadero de peces, criadero de gusanos de seda; colmenas, cuyas abejas libaban en los jazmines; jaraíz o lagar, con su bodega correspondiente, ambas cosas en miniatura; horno, telar, fragua, taller de carpintería, etc., etc., todo ello reducido a una casa de ocho habitaciones y a dos fanegas de tierra, y tasado en la cantidad de diez mil reales.

VII

El fondo de la felicidad

Adorábanse, sí, locamente el molinero y la molinera, y aún se hubiera creído que ella lo quería más a él que él a ella, no obstante ser él tan feo y ella tan hermosa. Dígolo porque la señá Frasquita solía tener celos y pedirle cuentas al tío Lucas cuando éste tardaba[18] mucho en regresar de la ciudad o de los pueblos adonde iba por grano[19], mientras que el tío Lucas veía hasta con gusto las atenciones de que era objeto la señá Frasquita por parte de los señores que frecuentaban el molino; se ufanaba y regocijaba de que a todos les agradase tanto como a él[20], y, aunque comprendía que en el fondo del corazón se la envidiaban algunos de ellos, la codiciaban como simples mortales y hubieran dado cualquier cosa porque fuera menos mujer de bien, la dejaba sola días enteros sin el menor cuidado, y nunca le preguntaba luego qué había hecho ni quién había estado allí durante su ausencia...

No consistía aquello, sin embargo, en que el amor del tío Lucas fuese menos vivo que el de la señá Frasquita. Consistía en que él tenía más confianza en la virtud de ella que ella en la de él; consistía en que él la aventajaba en penetración, y sabía hasta qué pun-

---

[18] se tardaba.
[19] por trigo.
[20] todos la encontrasen tan hechicera como él.

to era amado y cuánto se respetaba su mujer a sí misma; y consistía principalmente en que el tío Lucas era todo un hombre: un hombre como el de Shakespeare, de pocos e indivisibles sentimientos; incapaz de dudas; que creía o moría; que amaba o mataba; que no admitía gradación ni tránsito entre la suprema felicidad y el exterminio de su dicha.

Era, en fin, un *Otelo* de Murcia, con alpargatas y montera, en el primer acto de una tragedia posible...

Pero ¿a qué estas notas lúgubres [21] en una tonadilla alegre? ¿A qué estos relámpagos fatídicos en una atmósfera tan serena? ¿A qué estas actitudes melodramáticas en un cuadro de *género?*

Vais a saberlo inmediatamente.

---

[21] estas reminiscencias trágicas.

VIII

El hombre del sombrero
de tres picos [22]

Eran las dos de una tarde de octubre.

El esquilón de la catedral tocaba a vísperas, lo cual equivale [23] a decir que ya habían comido todas las personas principales de la ciudad.

Los canónigos se dirigían al coro, y los seglares a sus alcobas a dormir la siesta, sobre todo aquellos que, por razón de oficio, por ejemplo, las autoridades, habían pasado la mañana entera trabajando.

Era, pues, muy de extrañar que a aquella hora, impropia además para dar un paseo, pues todavía hacía demasiado calor, saliese de la ciudad, a pie, y seguido de un solo alguacil, el ilustre señor Corregidor de la misma, a quien no podía confundirse con ninguna otra persona, ni de día ni de noche, así por la enormidad de su sombrero de tres picos y por lo vistoso de su capa de grana, como por lo particularísimo de su grotesco donaire...

De la capa de grana y del sombrero de tres picos, son muchas todavía las personas que pudieran hablar con pleno conocimiento de causa. Nosotros entre ellas, lo mismo que todos los nacidos en aquella ciudad en

---

[22] *sombrero de tres picos:* «de ala levantada por tres puntos, formando como tres picos». También, *sombrero de tres candiles.*
[23] quería decir.

las postrimerías del reinado del señor don Fernando VII, recordamos haber visto colgados de un clavo, único adorno de[24] desmantelada pared, en la ruinosa torre de la casa que habitó Su Señoría (torre destinada a la sazón a los infantiles juegos de sus nietos), aquellas dos anticuadas prendas, aquella capa y aquel sombrero —el negro sombrero encima, y la roja capa debajo—, formando una especie de espectro del Absolutismo, una especie de sudario del Corregidor, una especie de caricatura retrospectiva de su poder, pintada con carbón y almagre, como tantas otras, por los párvulos *constitucionales de la de* 1837 que allí nos reuníamos; una especie, en fin, de *espanta-pájaros*, que en otro tiempo había sido *espanta-hombres*, y que hoy me da miedo de haber contribuido a escarnecer, paseándolo por aquella histórica ciudad, en días de Carnestolendas, en lo alto de un deshollinador, o sirviendo de disfraz irrisorio al idiota que más hacía reír a la plebe... ¡Pobre *principio de autoridad!* ¡Así te hemos puesto los mismos que hoy te invocamos tanto!

En cuanto al indicado grotesco donaire del señor Corregidor, consistía (dicen) en que era cargado de espaldas..., todavía más cargado de espaldas que el tío Lucas..., casi jorobado, por decirlo de una vez; de estatura menos que mediana; endeblillo; de mala salud; con las piernas arqueadas y una manera de andar *sui generis* (balanceándose de un lado a otro y de atrás hacia adelante), que sólo se puede describir con la absurda fórmula de que parecía cojo de los dos pies. En cambio (añade la tradición), su rostro era regular, aunque ya bastante arrugado por la falta absoluta de dientes y muelas; moreno verdoso, como el de casi todos los hijos de las Castillas; con grandes ojos oscuros, en que relampagueaban la cólera, el despotismo y la lujuria; con finas y traviesas

---

[24] en medio de.

facciones, que no tenían la expresión del valor personal, pero sí la de una malicia artera capaz de todo, y con cierto aire de satisfacción, medio aristocrático, medio libertino, que revelaba que aquel hombre habría sido, en su remota juventud, muy agradable y acepto a las mujeres, no obstante sus piernas y su joroba.

Don Eugenio de Zúñiga y Ponce de León (que así se llamaba Su Señoría) había nacido en Madrid, de familia ilustre; frisaría a la sazón en los cincuenta y cinco años, y llevaba[25] cuatro de Corregidor en la ciudad de que tratamos, donde se casó, a poco de llegar, con la principalísima señora que diremos más adelante.

Las medias de don Eugenio (única parte que, además de los zapatos, dejaba ver de su vestido la extensísima capa de grana) eran blancas, y los zapatos negros, con hebilla de oro. Pero luego que el calor del campo lo obligó a desembozarse, vídose[26] que llevaba gran corbata de batista; chupa[27] de sarga de color de tórtola, muy festoneada de ramillos verdes, bordados de realce; calzón corto, negro, de seda; una enorme casaca de la misma estofa que la chupa; espadín con guarnición de acero; bastón con borlas, y un respetable par de guantes (o quirotecas) de gamuza pajiza, que no se ponía nunca y que empuñaba[28] a guisa de cetro.

El alguacil, que seguía veinte pasos de distancia al señor Corregidor, se llamaba *Garduña*, y era la propia estampa de su nombre. Flaco, agilísimo; mirando adelante y atrás y a derecha e izquierda al propio tiempo que andaba; de largo cuello; de diminuto y

---

[25] llevando.

[26] *vídose:* «viose».

[27] *chupa:* «prenda de vestir, de mangas ajustadas y falda dividida en cuatro partes».

[28] empuñados.

repugnante rostro, y con dos manos como dos manojos de disciplinas, parecía juntamente un hurón en busca de criminales, la cuerda que había de atarlos, y el instrumento destinado a su castigo.

El primer corregidor que le echó la vista encima, le dijo sin más informes: «*Tú serás mi verdadero alguacil...*» Y ya lo había sido de cuatro corregidores.

Tenía cuarenta y ocho años, y llevaba sombrero de tres picos, mucho más pequeño que el de su señor (pues repetimos que el de éste era descomunal), capa negra como las medias y todo el traje, bastón sin borlas, y una especie de asador por [la] espalda.

Aquel[29] espantajo negro parecía la sombra de su vistoso amo.

---

[29] Aquel [otro].

IX

¡Arre, burra!

Por donde quiera que pasaban el personaje y su apéndice, los labradores dejaban sus faenas y se descubrían hasta los pies, con más miedo que respeto; después de lo cual decían[30] en voz baja:

—¡Temprano va esta tarde el señor Corregidor a ver a la señá Frasquita!

—¡Temprano... y solo! —añadían algunos, acostumbrados a verlo siempre dar aquel paseo en compañía de otras varias personas.

—Oye, tú, Manuel: ¿por qué irá solo esta tarde el señor Corregidor a ver a la navarra? —le preguntó una lugareña a su marido, el cual la llevaba a grupas en la bestia.

Y, al mismo tiempo que la pregunta, le hizo cosquillas por vía del retintín.

—¡No seas mal pensada, Josefa! —exclamó el buen hombre—. La señá Frasquita es incapaz...

—No digo[31] lo contrario... Pero el Corregidor no es por eso incapaz de estar enamorado de ella... Yo he oído decir que, de todos los que van a las francachelas del molino, el único que lleva mal fin es ese madrileño tan aficionado a faldas...

—¿Y qué sabes tú si es o no aficionado a faldas? —preguntó a su vez el marido.

---

[30] se decían.
[31] No digo [yo].

—No lo digo por mí... ¡Ya se hubiera guardado, por más corregidor que sea[32] de decirme los ojos tienes negros!

La que así hablaba era fea en grado superlativo.

—Pues mira, hija, ¡allá ellos! —replicó el llamado Manuel—. Yo no creo al tío Lucas hombre de consentir... ¡Bonito genio tiene el tío Lucas cuando se enfada!...

—Pero, en fin, ¡si ve que le conviene!... —añadió la tía Josefa, retorciendo el hocico.

—El tío Lucas es hombre de bien... —repuso el lugareño—; y a un hombre de bien nunca pueden convenirle ciertas cosas...[33].

—Pues entonces, tienes razón. ¡Allá ellos! ¡Si yo fuera la señá Frasquita!...

—¡Arre, burra! —gritó el marido para mudar de conversación.

Y la burra salió al trote; con lo que no pudo oírse el resto del diálogo.

[32] todo lo Corregidor que es.
[33] esas cosas.

X

Desde la parra

Mientras así discurrían los labriegos que saludaban al señor Corregidor, la señá Frasquita regaba y barría cuidadosamente la plazoletilla empedrada que servía de atrio o compás al molino, y colocaba media docena de sillas debajo de lo más espeso del emparrado, en el cual estaba subido el tío Lucas, cortando los mejores racimos y arreglándolos artísticamente en una cesta.

—¡Pues sí, Frasquita! —decía el tío Lucas desde lo alto de la parra—: el señor Corregidor está enamorado de ti de muy mala manera...

—Ya te lo dije yo hace tiempo —contestó la mujer del Norte—... Pero ¡déjalo que pene! ¡Cuidado, Lucas, no te vayas a caer!

—Descuida: estoy bien agarrado...; también le gustas mucho al señor...

—¡Mira! ¡No me des más noticias! —interrumpió ella—. ¡Demasiado sé yo a quién le gusto y a quién no le gusto! ¡Ojalá supiera del mismo modo por qué no te gusto a ti!

—¡Toma! Porque eres muy fea... —contestó el tío Lucas.

— Pues [oye]..., ¡fea y todo, soy capaz de subir a la parra y echarte de cabeza al suelo!...

—Más fácil sería que yo no te dejase bajar de la parra [sin comerte viva...].

—¡Eso es!... ¡Y cuando vinieran mis galanes [y nos viesen ahí], dirían que éramos un mono y una mona!...

—Y acertarían; porque tú eres muy mona y muy rebonita, y yo parezco un mono con esta joroba...

—Que a mí me gusta muchísimo...

—Entonces te gustará más la del Corregidor, que es mayor que la mía...

—¡Vamos! ¡Vamos! señor don Lucas... ¡No tenga usted tantos celos![34].

—¿Celos yo de ese viejo petate? ¡Al contrario; me alegro muchísimo de que te quiera!...

—¿Por qué?

—Porque en el pecado lleva la penitencia. ¡Tú no has de quererlo nunca, y yo soy entretanto el verdadero Corregidor de la ciudad!

—¡Miren el vanidoso! Pues figúrate que llegase a quererlo... ¡Cosas más raras se ven en el mundo!

—Tampoco me daría gran cuidado...

—¿Por qué?

—¡Porque entonces tú no serías ya tú; y, no siendo tú quien eres, o como yo creo que eres, maldito lo que me importaría que te llevasen los demonios!

—Pues bien; ¿qué harías en semejante caso?

—¿Yo? ¡Mira lo que no sé!... Porque, como entonces yo sería otro y no el que soy ahora, no puedo figurarme lo que pensaría...[35].

—¿Y por qué serías entonces otro? [—insistió valientemente la señá Frasquita, dejando de barrer y poniéndose en jarras para mirar hacia arriba.

El tío Lucas se rascó la cabeza, como si escarbara para sacar de ella alguna idea muy profunda, hasta que al fin dijo con más seriedad y pulidez que de costumbre]:

—Sería otro porque yo soy ahora un hombre que cree en ti como en sí mismo, y que no tiene más vida que esa fe[36]. De consiguiente, al dejar de creer en ti

---

[34] que me parece que tiene usted celos.
[35] [después de mi transformación].
[36] creencia.

me moriría o me convertiría en un nuevo hombre; viviría de otro modo; me parecería que acababa de nacer; tendría otras entrañas[37]. Ignoro, pues, lo que[38] haría entonces contigo... Puede que me echara a reír y te volviera la espalda... Puede que ni siquiera te conociese... Puede que... Pero ¡vaya un gusto que tenemos en ponernos de mal humor sin necesidad! ¿Qué nos importa a nosotros que te quieran todos los corregidores del mundo? ¿No eres tú mi Frasquita?

—¡Sí, pedazo de bárbaro! —contestó la navarra, riendo a más no poder . Yo soy tu Frasquita, y tú eres mi Lucas de mi alma, más feo que el bu, con más talento que todos los hombres, más bueno que el pan, y más querido... ¡Ah, lo que es eso de *querido*, cuando bajes de la parra lo verás! ¡Prepárate a llevar más bofetadas y pellizcos que pelos tienes en la cabeza! Pero, ¡calla! ¿Qué es lo que veo? El señor Corregidor viene por allí completamente solo... ¡Y tan tempranito!... Ese trae plan... [¡Por lo visto, tú tenías razón!...]

—Pues aguántate, y no le digas que estoy subido en la parra. ¡Ese viene a declararse a solas contigo, creyendo pillarme durmiendo la siesta!... Quiero divertirme oyendo su explicación.

Así dijo el tío Lucas, alargando la cesta a su mujer.

—¡No está mal pensado! —exclamó ella, lanzando nuevas carcajadas—. ¡El demonio del madrileño! ¿Qué se habrá creído que es un corregidor para mí? Pero aquí llega... Por cierto que Garduña, que lo seguía a alguna distancia, se ha sentado en la ramblilla a la sombra... ¡Qué majadería! Ocúltate tú bien entre los pámpanos, que nos vamos a reír más de lo que te figuras...

Y, dicho esto, la hermosa navarra rompió a cantar el fandango, que ya le era tan familiar como las canciones de su tierra.

---

[37] sentimientos.
[38] [aquel segundo yo].

XI

El bombardeo de Pamplona

—Dios te guarde, Frasquita... —dijo el Corregidor a media voz, apareciendo bajo el emparrado y andando de puntillas.

—¡Tanto bueno, señor Corregidor! —respondió ella en voz natural, haciéndole mil reverencias—. ¡Usía por aquí a estas horas! ¡Y con el calor que hace! ¡Vaya, siéntese Su Señoría!... Esto está fresquito. ¿Cómo no ha aguardado Su Señoría a los demás señores? Aquí tienen ya preparados sus asientos... Esta tarde esperamos al señor Obispo en persona, que le ha prometido a mi Lucas venir a probar las primeras uvas de la parra. ¿Y cómo lo pasa Su Señoría? ¿Cómo está[39] la Señora?

El Corregidor se había turbado[40]. La ansiada soledad en que encontraba a la señá Frasquita le parecía un sueño, o un lazo que le tendía la enemiga suerte para hacerle caer en el abismo de un desengaño.

Limitóse, pues, a contestar:

—No es tan temprano como dices... Serán las tres y media...

El loro dio en aquel momento un chillido.

—Son las dos y cuarto —dijo la navarra, mirando de hito en hito al madrileño.

---

[39] lo pasa.
[40] estaba turbado.

Éste calló, como reo convicto que renuncia a la defensa.

—¿Y Lucas? ¿Duerme? —preguntó al cabo de un rato.

(Debemos advertir aquí que el Corregidor, lo mismo que todos los que no tienen dientes, hablaba con una pronunciación floja y sibilante, como si se estuviese comiendo sus propios labios.)

—¡De seguro! —contestó la señá Frasquita—. En llegando estas horas se queda dormido donde primero le coge, aunque sea en el borde de un precipicio...

—Pues, mira... ¡déjalo dormir!... —exclamó el viejo Corregidor, poniéndose más pálido de lo que ya era . Y tú, mi querida Frasquita, escúchame..., oye..., ven acá... ¡Siéntate aquí, a mi lado!... Tengo muchas cosas que decirte...

Ya estoy sentada —respondió la Molinera, agarrando una silla baja y plantándola delante del Corregidor, a cortísima distancia de la suya.

Sentado que se hubo [41], Frasquita echó una pierna sobre la otra, inclinó el cuerpo hacia adelante, apoyó un codo sobre la rodilla cabalgadora, y la fresca y hermosa cara en una de sus manos; y así, con la cabeza un poco ladeada, la sonrisa en los labios, los cinco hoyos en actividad, y las serenas pupilas clavadas en el Corregidor, aguardó la declaración de Su Señoría. Hubiera podido comparársela con Pamplona esperando un bombardeo.

El pobre hombre fue a hablar, y se quedó con la boca abierta, embelesado ante aquella grandiosa hermosura, ante aquella esplendidez de gracias, ante aquella formidable mujer, de alabastrino color, de lujosas carnes, de limpia y riente boca, de azules e insondables ojos, que parecía creada por el pincel de Rubens.

---

[41] Una vez que se hubo sentado.

—¡Frasquita!... —murmuró al fin el delegado del Rey, con acento desfallecido, mientras que su marchito rostro, cubierto de sudor, destacándose sobre su joroba, expresaba una inmensa angustia—. ¡Frasquita!...

—¡Me llamo! —contestó la hija de los Pirineos—. ¿Y qué?

—Lo que tú quieras... —repuso el viejo con una ternura sin límites.

—Pues lo que yo quiero... —dijo la Molinera—, ya lo sabe Usía. Lo que yo quiero es que Usía nombre secretario del ayuntamiento de la ciudad a un sobrino mío que tengo en Estella..., y que así podrá venirse de aquellas montañas, donde está pasando muchos apuros...

—Te he dicho, Frasquita, que eso es imposible. El secretario actual...

—¡Es un ladrón, un borracho y un bestia!

—Ya lo sé... Pero tiene buenas aldabas entre los regidores perpetuos, y yo no puedo nombrar otro sin acuerdo del cabildo. De lo contrario, me expongo...

—¡Me expongo!... ¡Me expongo!... ¿A qué no nos expondríamos por Vuestra Señoría hasta los gatos de esta casa?

—¿Me querrías a ese precio? —tartamudeó el Corregidor.

—No, señor; que lo quiero a Usía de balde.

—¡Mujer, no me des tratamiento! Háblame de usted o como se te antoje... ¿Conque vas a quererme? Di.

—¿No le digo a usted que lo quiero ya?

—Pero...

—No hay pero que valga. ¡Verá usted qué guapo y qué hombre de bien es mi sobrino!

—¡Tú sí que eres guapa, Frascuela!...

—¿Le gusto a usted?

—¡Que si me gustas!... ¡No hay mujer como tú!

—Pues mire usted... Aquí no hay nada postizo...
—contestó la señá Frasquita, acabando de arrollar
la manga de su jubón, y mostrando al Corregidor
el resto de su brazo, digno de una cariátide y más
blanco que una azucena.

—¡Que si me gustas!... —prosiguió el Corregidor—. ¡De día, de noche, a todas horas, en todas
partes, sólo pienso en ti!...

—¡Pues, qué! ¿No le gusta a usted la señora Corregidora? —preguntó la señá Frasquita con tan mal
fingida compasión, que hubiera hecho reír a un hipo-
condríaco—. ¡Qué lástima! Mi Lucas me ha dicho
que tuvo el gusto de verla y de hablarle cuando fue
a componerle a usted el reloj de la alcoba, y que es
muy guapa, muy buena y de un trato muy cariñoso.

—¡No tanto! ¡No tanto! —murmuró el Corregidor
con cierta amargura.

En cambio, otros me han dicho —prosiguió la
Molinera— que tiene muy mal genio, que es muy
celosa y que usted le tiembla más que a una vara
verde...

—¡No tanto, mujer!... —repitió don Eugenio de
Zúñiga y Ponce de León, poniéndose colorado—.
¡Ni tanto ni tan poco! La Señora tiene sus manías,
es cierto...; mas de ello a hacerme temblar, hay
mucha diferencia. ¡Yo soy el Corregidor!...

—Pero, en fin, ¿la quiere usted, o no la quiere?

—Te diré... Yo la quiero mucho... o, por mejor
decir, la quería antes de conocerte. Pero desde que te
vi, no sé lo que me pasa, y ella misma conoce que
me pasa algo... Bástete saber que hoy...[42] tomarle,
[por ejemplo], la cara a mi mujer me hace la misma
operación que si me la tomara a mí propio... ¡Ya
ves, que no puedo quererla más ni sentir menos!...
¡Mientras que por coger esa mano, ese brazo, esa cara,
esa cintura, daría lo que no tengo!

----

[42] [para mí].

Y, hablando así, el Corregidor trató de apoderarse del brazo desnudo que la señá Frasquita le estaba refregando materialmente por los ojos; pero ésta, sin descomponerse, extendió la mano, tocó el pecho de Su Señoría con la pacífica violencia e incontrastable rigidez de la trompa de un elefante, y lo tiró de espaldas con silla y todo.

—¡Ave María Purísima! —exclamó entonces la navarra, riéndose a más no poder—. Por lo visto, esa silla estaba rota...

—¿Qué pasa ahí? —exclamó en esto el tío Lucas, asomando su feo rostro entre los pámpanos de la parra.

El Corregidor estaba todavía en el suelo boca arriba, y miraba con un terror indecible a aquel hombre que aparecía en los aires boca abajo.

Hubiérase dicho que Su Señoría era[43] el diablo, vencido, no por San Miguel, sino por otro demonio del Infierno.

—¿Qué ha de pasar? —se apresuró a responder la señá Frasquita—. ¡Que el señor Corregidor puso la silla en vago, fue a mecerse, y se ha caído!...

—¡Jesús, María y José! —exclamó a su vez el Molinero—. ¿Y se ha hecho daño Su Señoría? ¿Quiere un poco [de] agua y vinagre?

—¡No me he hecho nada! —exclamó el Corregidor, levantándose como pudo.

Y luego añadió por lo bajo, pero de modo que pudiera oírlo la señá Frasquita:

—¡Me la pagaréis!

—Pues, en cambio, Su Señoría me ha salvado a mí la vida —repuso el tío Lucas sin moverse[44] de lo alto de la parra—. Figúrate, mujer, que estaba yo aquí sentado contemplando las uvas, cuando me quedé dormido sobre una red de sarmientos y palos[45] que

---

[43] parecía.
[44] [siempre desde].
[45] de maderos y cepas.

dejaban claros suficientes para que pasase mi cuerpo... Por consiguiente, si la caída de Su Señoría no me hubiese despertado tan a tiempo, esta tarde me habría yo roto la cabeza contra esas piedras.

—Conque sí..., ¿eh?... —replicó el Corregidor—. Pues, ¡vaya, hombre!, me alegro... ¡Te digo que me alegro mucho de haberme caído!

—¡Me la pagarás! —agregó en seguida, dirigiéndose a la Molinera.

Y pronunció estas palabras con tal expresión de reconcentrada furia, que la señá Frasquita se puso triste.

Veía claramente que el Corregidor se asustó al principio, creyendo que el Molinero lo había oído todo; pero que persuadido ya de que no había oído nada (pues la calma y el disimulo del tío Lucas hubieran engañado al más lince), empezaba a abandonarse a toda su iracundia y a concebir planes de venganza.

—¡Vamos! ¡Bájate ya de ahí y ayúdame a limpiar a Su Señoría, que se ha puesto perdido de polvo! —exclamó entonces la Molinera.

Y mientras el tío Lucas bajaba, díjole ella al Corregidor, dándole golpes con el delantal en la chupa y alguno que otro en las orejas:

—El pobre no ha oído nada... Estaba dormido como un tronco...

Más que estas frases, la circunstancia de haber sido dichas en voz baja, afectando complicidad y secreto, produjo un efecto maravilloso.

—¡Pícara! ¡Proterva! —balbuceó don Eugenio de Zúñiga con la boca hecha un agua, pero gruñendo todavía...

—¿Me guardará Usía rencor? —replicó la navarra zalameramente.

Viendo el Corregidor que la severidad le daba buenos resultados, intentó mirar a la señá Frasquita con mucha rabia; pero se encontró con su tentadora risa y sus divinos ojos, en los cuales brillaba la caricia de una súplica, y derritiéndosele la gacha[46] en el acto, le dijo con un acento baboso y silbante, en que se descubría más que nunca la ausencia total de[47] dientes y muelas:

—¡De ti depende, amor mío!

En aquel momento se descolgó de la parra el tío Lucas.

---

[46] *gacha:* «halago, enternecimiento».
[47] [sus].

XII

Diezmos y primicias

Repuesto el Corregidor en su silla, la Molinera dirigió una rápida mirada a su esposo y viole, no sólo tan sosegado como siempre, sino reventando de ganas de reír por resultas de aquella ocurrencia; cambió con él desde lejos un beso tirado, aprovechando el [primer] descuido de don Eugenio, y díjole, en fin, a éste con una voz de sirena que le hubiera envidiado Cleopatra:

—¡Ahora va Su Señoría a probar mis uvas!

Entonces fue de ver a la hermosa navarra (y así la pintaría yo, si tuviese el pincel de Tiziano), plantada enfrente del embelesado Corregidor, fresca, magnífica, incitante, con sus nobles formas, con su angosto vestido, con su elevada estatura, con sus desnudos brazos levantados sobre la cabeza, y con un transparente racimo en cada mano, diciéndole, entre una sonrisa irresistible y una mirada suplicante en que titilaba el miedo:

—Todavía no las ha probado el señor Obispo... Son las primeras que se cogen este año...

Parecía una gigantesca Pomoma, brindando frutos a un dios campestre; a un sátiro, por ejemplo.

En esto apareció al extremo de la plazoleta empedrada el venerable Obispo de la diócesis, acompañado del abogado académico y de dos canónigos de avanzada edad, y seguido de su secretario, de dos familiares y de dos pajes.

Detúvose un rato Su Ilustrísima a contemplar aquel cuadro tan cómico y tan bello, hasta que, por último, dijo, con el reposado acento propio de los prelados de entonces:

—*El quinto*[48], *pagar diezmos y primicias a la Iglesia de Dios*, nos enseña la doctrina cristiana; pero usted, señor Corregidor, no se contenta con administrar el diezmo, sino que también trata de comerse las primicias.

—¡El señor Obispo! —exclamaron los Molineros, dejando al Corregidor y corriendo a besar el anillo al prelado.

—¡Dios se lo pague a Su Ilustrísima, por venir a honrar esta pobre choza! —dijo el tío Lucas, besando el primero, y con acento de muy sincera[49] veneración.

—¡Qué señor Obispo tengo tan hermoso! —exclamó la señá Frasquita, besando después—. ¡Dios lo bendiga y me lo conserve más años que le conservó el suyo a mi Lucas!

—¡No sé qué falta puedo hacerte, cuando tú me echas las bendiciones, en vez de pedírmelas! —contestó riéndose el bondadoso pastor.

Y, extendiendo dos dedos, bendijo a la señá Frasquita y después a los demás circunstantes.

—¡Aquí tiene Usía Ilustrísima las *primicias!* —dijo el Corregidor, tomando un racimo de manos de la Molinera y presentándoselo cortésmente al Obispo—. Todavía no había[50] yo probado las uvas...

El Corregidor pronunció estas palabras, dirigiendo de paso una rápida y cínica mirada a la espléndida hermosura de la Molinera.

—¡Pues no será porque estén verdes, como las de la fábula! —observó el académico.

---

[48] el cuarto.
[49] y con [el] acento de [una].
[50] habíamos.

—Las de la fábula —expuso el Obispo— no estaban verdes, señor licenciado; sino fuera del alcance de la zorra.

Ni el uno ni el otro habían querido acaso aludir al Corregidor; pero ambas frases fueron casualmente tan adecuadas a lo que acababa de suceder allí, que don Eugenio de Zúñiga se puso lívido de cólera, y dijo, besando el anillo del prelado:

—¡Eso es llamarme zorro, Señor Ilustrísimo!

—*Tu dixisti!* —replicó éste con la afable severidad de un santo, como diz[51] que lo era en efecto—. *Excusatio non petita, accusatio manifesta. Qualis vir, talis oratio.* Pero *satis jam dictum, nullus ultra sit sermo.* O, lo que es lo mismo, dejémonos de latines, y veamos estas famosas uvas.

Y picó... una sola vez... en el racimo que le presentaba el Corregidor.

—¡Están muy buenas! —exclamó, mirando aquella uva al trasluz y alargándosela en seguida a su secretario—. ¡Lástima que a mí me sienten mal![52].

El secretario contempló también la uva; hizo un gesto de cortesana admiración, y la entregó a uno de los familiares.

El familiar repitió la acción del Obispo y el gesto del secretario, propasándose hasta oler la uva, y luego... la colocó en la cesta con escrupuloso cuidado, no sin decir en voz baja a la concurrencia:[53]

—Su Ilustrísima ayuna...

El tío Lucas, que había seguido la uva con la vista, la cogió entonces disimuladamente, y se la comió sin que nadie lo viera.

Después de esto, sentáronse todos: hablóse de la otoñada (que seguía siendo muy seca, no obstante[54]

---

[51] *diz:* «dicen».
[52] no me sienten bien.
[53] en la primera redacción falta toda la intervención del familiar.
[54] a pesar de.

haber pasado el cordonazo de San Francisco); discurrióse algo sobre la probabilidad de una nueva guerra entre Napoleón y el Austria; insistióse en la creencia de que las tropas imperiales no invadirían nunca el territorio español; quejóse el abogado de lo revuelto y calamitoso de aquella época, envidiando los tranquilos tiempos de sus padres (como sus padres habrían envidiado los de sus abuelos); dio las cinco el loro..., y, a una seña del reverendo [55] Obispo, el menor de los pajes fue al coche episcopal [56] (que se había quedado en la misma ramblilla que el alguacil), y volvió con una magnífica torta sobada, de pan de aceite, polvoreada de sal, que apenas haría una hora había salido del horno: colocóse una mesilla en medio del concurso; descuartizóse la torta; se dio su parte correspondiente, sin embargo [57] de que se resistieron mucho, al tío Lucas y a la señá Frasquita..., y una igualdad verdaderamente democrática reinó durante media hora bajo aquellos pámpanos que filtraban los últimos resplandores del sol poniente...

---

[55] [señor].
[56] de su ilustrísima.
[57] a pesar de que.

XIII

Le dijo el grajo al cuervo

Hora y media después todos los ilustres compañeros de merienda estaban de vuelta en la ciudad.

El señor Obispo y su *familia* habían llegado con bastante anticipación, gracias al coche, y hallábanse ya *en palacio*, donde los dejaremos rezando sus devociones.

El insigne abogado (que era muy seco) y los dos canónigos (a cual más grueso y[58] respetable) acompañaron al Corregidor hasta la puerta del Ayuntamiento (donde Su Señoría dijo tener que trabajar)[59], y tomaron luego el camino de sus respectivas casas, guiándose por las estrellas como los navegantes, o sorteando a tientas las esquinas, como los ciegos; pues ya había cerrado la noche, aún no había salido la luna, y el alumbrado público (lo mismo que las demás luces de este siglo) todavía estaba allí en la mente divina.

En cambio, no era raro ver discurrir por algunas calles tal o cual linterna o farolillo con que respetuoso servidor alumbraba a sus magníficos amos, quienes se dirigían a la habitual tertulia o de visita a casa de sus parientes...

Cerca de casi todas las rejas bajas se veía (o se olfateaba, por mejor decir), un silencioso bulto

---

[58] y [más].
[59] que tenía que hacer.

negro. Eran galanes que, al sentir pasos, habían dejado por un momento de pelar la pava... [60].

—¡Somos unos calaveras! —iban diciendo el abogado y los dos canónigos—. ¿Qué pensarán en nuestras casas al vernos llegar a estas horas?

—Pues ¿qué dirán los que nos encuentren en la calle, de este modo, a las siete y pico de la noche, como unos bandoleros amparados de las tinieblas?

—Hay que mejorar de conducta...

[—¡Ah! Sí... ¡Pero] ese dichoso molino!...

—Mi mujer lo tiene sentado en la boca del estómago... —dijo el académico, con un tono en que se traslucía mucho miedo a la próxima pelotera conyugal [61].

—Pues ¿y mi sobrina? [62] —exclamó uno de los canónigos, que por cierto [63] era penitenciario—. Mi sobrina dice que los sacerdotes no deben visitar comadres...

—Y, sin embargo —interrumpió su compañero, que era magistral—, lo que allí pasa no puede ser más inocente...

—¡Toma! ¡Como que va el mismísimo Obispo! [64].

—Y luego, señores, ¡a nuestra edad!... —repuso el penitenciario—. Yo he cumplido ayer los setenta y cinco.

—¡Es claro! —replicó el magistral—. Pero hablemos de otra cosa: ¡qué guapa estaba esta tarde la señá Frasquita!

—¡Oh, lo que es eso...; como guapa, es guapa! —dijo el abogado, afectando imparcialidad.

—Muy guapa... —replicó el penitenciario dentro del embozo.

---

[60] Eran novios que habían suspendido su palique al sentir pasos.
[61] en que se traducía el miedo a un próximo regaño.
[62] mis sobrinas.
[63] por señas.
[64] el mismo señor obispo.

—Y si no —añadió el predicador *de Oficio*—, que se lo pregunten al Corregidor.

—¡El pobre hombre está enamorado de ella!...

—¡Ya lo creo! —exclamó el confesor de la catedral.

—¡De seguro! —agregó el académico correspondiente—. Conque, señores, yo tomo [65] por aquí para llegar antes a casa... ¡Muy buenas noches!

—Buenas noches... —le contestaron los capitulares.

Y anduvieron algunos pasos en silencio.

—¡También le gusta a ése la Molinera! —murmuró entonces el magistral, dándole con el codo al penitenciario.

—¡Como si lo viera! —respondió éste, parándose a la puerta de su casa—. ¡Y qué bruto es! Conque, hasta mañana, compañero. Que le sienten a usted muy bien las uvas.

—Hasta mañana, si Dios quiere... Que pase usted muy buena noche.

—¡Buenas noches nos dé Dios! —rezó el penitenciario, ya desde el portal, que por más señas tenía farol y Virgen.

Y llamó a la aldaba.

Una vez solo en la calle, el otro canónigo (que era más ancho que alto, y que parecía que rodaba al andar) siguió avanzando lentamente hacia su casa; pero, antes de llegar a ella, cometió [66] contra una pared cierta falta que en el porvenir había de ser objeto de un bando de policía, y dijo al mismo tiempo, pensando sin duda en su cofrade de coro:

—¡También te gusta a ti la señá Frasquita!... ¡Y la verdad es —añadió al cabo de un momento— que, como guapa, es guapa!

---

[65] yo corto.
[66] infringió.

XIV

Los consejos de Garduña

Entretanto, el Corregidor había subido al Ayuntamiento, acompañado de Garduña, con quien mantenía hacía rato, en el salón de sesiones, una conversación más familiar de lo correspondiente a persona [67] de su calidad y oficio.

—¡Crea Usía a un perro perdiguero que conoce la caza! —decía el innoble alguacil—. La señá Frasquita está perdidamente enamorada de Usía, y todo lo que Usía acaba de contarme contribuye a hacérmelo ver [68] más claro que esa luz...

Y señalaba un velón de Lucena, que apenas si esclarecía la octava parte [69] del salón.

—¡No estoy yo tan seguro como tú, Garduña! —contestó don Eugenio, suspirando [lánguidamente].

—¡Pues no sé por qué! Y, si no, hablemos con franqueza. Usía (dicho sea con perdón) tiene una tacha en su cuerpo... ¿No es verdad?

—¡Bien, sí! —repuso el Corregidor—. Pero esa tacha la tiene también el tío Lucas. ¡El es más jorobado que yo!

—¡Mucho más! ¡Muchísimo más!, ¡sin comparación de ninguna especie! Pero en cambio (y es a lo que iba), Usía tiene una cara de muy buen ver..., lo que se dice

---

[67] de lo que debiera un hombre.
[68] me lo hace ver.
[69] un pedazo.

una bella cara..., mientras que el tío Lucas se parece al sargento Utrera, que reventó de feo.

El Corregidor sonrió con cierta ufanía.

—Además —prosiguió el alguacil—, la seña Frasquita es capaz de tirarse por una ventana con tal de agarrar el nombramiento de su sobrino...

—¡Hasta ahí estamos de acuerdo! ¡Ese nombramiento es mi única esperanza!

—¡Pues manos a la obra, señor! Ya le he explicado[70] a Usía mi plan... ¡No hay más que ponerlo en ejecución esta misma noche!

—¡Te he dicho [muchas veces] que no necesito consejos! —gritó don Eugenio, acordándose de pronto de que hablaba con un inferior[71].

—Creí que Usía me los había pedido —balbuceó Garduña.

—¡No me repliques!

Garduña saludó.

—¿Conque decías —prosiguió el de Zúñiga [volviendo a amansarse]—, que esta misma noche puede arreglarse todo eso? Pues ¡mira [hijo!], me parece muy bien. ¡Qué diablos! ¡Así saldré pronto de esta cruel incertidumbre!

Garduña guardó silencio.

El Corregidor se dirigió al bufete y escribió algunas líneas en un pliego de papel sellado, que selló también por su parte, guardándoselo luego en la faltriquera.

—¡Ya está hecho el nombramiento del sobrino! —dijo entonces tomando un polvo de rapé—. ¡Mañana me las compondré yo con los regidores..., y, o lo ratifican con un acuerdo, o habrá la de San Quintín! ¿No te parece que hago bien?

—¡Eso!, ¡eso! —exclamó Garduña entusiasmado, metiendo la zarpa en la caja del Corregidor y arre-

---

[70] dicho.
[71] tenía la costumbre de enfadarse.

batándole un polvo—. ¡Eso!, ¡eso! El antecesor de Usía no se paraba tampoco en barras. Cierta vez...

—¡Déjate de bachillerías! [72] —repuso el Corregidor, sacudiéndole una guantada en la ratera mano—. Mi antecesor era una bestia, cuando te tuvo de alguacil. Pero vamos a lo que importa. Acabas de decirme que el molino del tío Lucas pertenece al término del lugarcillo inmediato, y no al de esta población... ¿Estás seguro de ello?

—¡Segurísimo! La jurisdicción de la ciudad acaba en la ramblilla donde yo me senté esta tarde a esperar que Vuestra Señoría... ¡Voto a Lucifer! ¡Si yo hubiera estado en su caso!

—¡Basta! —gritó don Eugenio—. ¡Eres un insolente!

Y, cogiendo media cuartilla de papel, escribió una esquela, cerróla, doblándole un pico, y se la entregó a Garduña.

—Ahí tienes —le dijo al mismo tiempo— la carta que me has pedido para el alcalde del lugar. Tú le explicarás de palabra todo lo que tiene que hacer. ¡Ya ves que sigo tu plan al pie de la letra! ¡Desgraciado de ti si me metes en un callejón sin salida!

—¡No hay cuidado! —contestó Garduña—. El señor Juan López tiene mucho que temer, y en cuanto vea la firma de Usía, hará todo lo que yo le mande. ¡Lo menos le debe mil fanegas de grano al Pósito Real, y otro tanto al Pósito Pío!... Esto último contra toda ley, pues no es ninguna viuda ni ningún labrador pobre para recibir el trigo sin abonar creces ni recargo, sino un jugador, un borracho y un sinvergüenza muy amigo de faldas, que trae escandalizado al pueblecillo... ¡Y aquel hombre ejerce autoridad!... ¡Así anda el mundo!

—¡Te he dicho que calles! ¡Me estás distrayendo! —bramó el Corregidor—. Conque vamos al asunto

---

[72] *bachillerías:* «charlatanería».

—añadió luego mudando de tono—. Son las siete y cuarto... Lo primero que tienes que hacer es ir a casa y advertirle a la Señora que no me espere a cenar ni a dormir. Dile que esta noche me estaré trabajando aquí hasta la hora de la *queda*, y que después saldré de ronda secreta contigo, a ver si atrapamos a ciertos malhechores... En fin, engáñala bien para que se acueste descuidada. De camino, dile a otro alguacil que me traiga la cena... ¡Yo no me atrevo a aparecer esta noche delante de la Señora, pues me conoce tanto, que es capaz de leer en mis pensamientos! Encárgale a la cocinera que ponga unos pestiños[73] de los que se hicieron hoy, y dile a Juanete que, sin que lo vea nadie, me alargue de la taberna medio cuartillo de vino blanco. En seguida te marchas al lugar, donde puedes hallarte muy bien a las ocho y media.

—¡A las ocho en punto estoy allí! —exclamó Garduña.

—¡No me contradigas! —rugió el Corregidor acordándose otra vez de que lo era.

Garduña saludó.

—Hemos dicho— continuó aquél humanizándose de nuevo— que a las ocho en punto estás en el lugar. Del lugar al molino habrá... [Yo creo que habrá una] media legua...

—Corta.

—¡No me interrumpas!

El alguacil volvió a saludar.

—Corta... —prosiguió el Corregidor—. Por consiguiente, a las diez... ¿Crees tú que a las diez?

—¡Antes de las diez! ¡A las nueve y media puede Usía llamar descuidado a la puerta del molino!

—¡Hombre! ¡No me digas a mí lo que tengo que hacer!... Por supuesto que tú estarás...

---

[73] *pestiños:* «pastel casero hecho con harina, huevos y baño de miel».

—Yo estaré en todas partes... Pero mi cuartel general será la ramblilla. ¡Ah, se me olvidaba!... Vaya Usía a pie, y no lleve linterna...

—¡Maldita la falta que me hacían tampoco esos consejos! ¿Si creerás tú que es la primera vez que salgo a campaña?

—Perdone Usía... ¡Ah! Otra cosa. No llame Usía a la puerta grande que da a la plazoleta del emparrado, sino a la puertecilla que hay encima del caz...

—¿Encima del caz hay otra puerta? ¡Mira tú una cosa que nunca se me hubiera ocurrido!

—Sí, señor; la puertecilla del caz da al mismísimo dormitorio de los Molineros..., y el tío Lucas no entra ni sale nunca por ella. De forma que, aunque, volviese pronto...

—Comprendo, comprendo... ¡No me aturdas más los oídos!

—Por último: procure Usía escurrir el bulto antes del amanecer. Ahora amanece a las seis...

—¡Mira otro consejo inútil! A las cinco estaré de vuelta en mi casa... Pero bastante hemos hablado ya... ¡Quítate de mi presencia!

—Pues entonces, señor..., ¡buena suerte! —exclamó el alguacil, alargando lateralmente la mano al Corregidor y mirando al techo al mismo tiempo.

El Corregidor puso en aquella mano una peseta [74], y Garduña desapareció como por ensalmo.

—¡Por vida de!... —murmuró el viejo al cabo de un instante—. ¡Se me ha olvidado decirle a ese bachillero que me trajesen también una baraja! ¡Con ella me hubiera entretenido hasta las nueve y media, viendo si me salía aquel *solitario*!...

---

[74] dio una peseta a *Garduña*.

XV

Despedida en prosa

Serían las nueve de aquella misma noche, cuando el tío Lucas y la señá Frasquita, terminadas todas las haciendas del molino y de la casa, se cenaron[75] una fuente de ensalada de escarola, una libreja de carne guisada con tomate, y algunas uvas de las que quedaban en la consabida cesta; todo ello rociado con un poco de vino y con grandes risotadas a costa del Corregidor: después de lo cual miráronse afablemente los dos esposos, como muy contentos de Dios y de sí mismos, y se dijeron, entre un par de bostezos que revelaban toda la paz y tranquilidad de sus corazones:

—Pues, señor, vamos a acostarnos, y mañana será otro día.

En aquel momento sonaron[76] dos fuertes [y ejecutivos] golpes aplicados a la puerta grande del molino.

El marido y la mujer se miraron sobresaltados.

Era la primera vez que oían llamar a su puerta a semejante hora.

—Voy a ver... —dijo la intrépida navarra, encaminándose hacia la plazoletilla.

—¡Quita! ¡Eso me toca a mí! —exclamó el tío Lucas con tal dignidad que la señá Frasquita le cedió

---

[75] comiéronse.
[76] oyéronse.

el paso—. ¡Te he dicho que no salgas! —añadió luego con dureza, viendo que la [obstinada] Molinera quería seguirle.

Ésta obedeció, y se quedó dentro de la casa.

—¿Quién es? —preguntó el tío Lucas desde el medio de la plazoleta.

—¡La justicia! —contestó una voz al otro lado del portón.

—¿Qué justicia?

—La del lugar. ¡Abra usted al señor alcalde!

El tío Lucas había aplicado[77] entretanto [un ojo a cierta] mirilla muy disimulada que tenía el portón, y reconocido a la luz de la luna al rústico alguacil del lugar inmediato.

—¡Dirás que le abra al borrachón del alguacil! —repuso el Molinero, retirando la tranca.

—¡Es lo mismo... —contestó el de afuera—; pues que[78] traigo una orden escrita de su Merced! Tenga usted muy buenas noches, tío Lucas... —agregó luego entrando, y con voz menos oficial [más baja y más gorda, como si ya fuera otro hombre].

—¡Dios te guarde, Toñuelo! —respondió el murciano—. Veamos qué orden es ésa... ¡Y bien podía el señor Juan López escoger otra hora más oportuna de dirigirse a los hombres de bien! Por supuesto, que la culpa será tuya. ¡Como si lo viera, te has estado emborrachando en las huertas del camino! ¿Quieres un trago?

—No, señor; no hay tiempo para nada. Tiene usted que seguirme inmediatamente. Lea usted la orden.

—¿Cómo seguirte? —exclamó el tío Lucas, penetrando en el molino, después de tomar el papel—. ¡A ver, Frasquita, alumbra!

La señá Frasquita soltó una cosa que tenía en la mano, y descolgó el candil.

---

[77] se había asomado.
[78] puesto que.

El tío Lucas miró rápidamente al objeto que había soltado su mujer, y reconoció su bocacha, o sea, un enorme trabuco que calzaba balas de a media libra.

El Molinero dirigió entonces a la navarra una mirada llena de gratitud y ternura, y le dijo, tomándole la cara:

—¡Cuánto vales!

La señá Frasquita, pálida y serena como una estatua de mármol, levantó el candil, cogido con dos dedos, sin que el más leve temblor agitase su pulso, y contestó secamente:

—¡Vaya, lee!

La orden decía:

> Para el mejor servicio de S. M. el Rey Nuestro Señor (Q. D. G.), prevengo a Lucas Fernández, molinero de estos vecinos, que tan luego[79] como reciba la presente orden, comparezca ante mi autoridad sin excusa ni pretexto alguno; advirtiéndole que, por ser asunto reservado, no lo pondrá en conocimiento de nadie: todo ello bajo las penas correspondientes, caso de desobediencia. El Alcalde,
>
> JUAN LÓPEZ

Y había una cruz en vez de rúbrica[80].

—Oye, tú: ¿Y qué es esto? —le preguntó el tío Lucas al alguacil—. ¿A qué viene esta orden?

—No lo sé... —contestó el rústico; hombre de unos treinta años, cuyo rostro esquinado y avieso [propio], de ladrón o de asesino, daba muy triste idea[81] de su sinceridad—. Creo que se trata de averiguar algo de brujería, o de moneda falsa... Pero la cosa no va con usted... Lo llaman como testigo o como perito.

---

[79] inmediatamente.
[80] firma.
[81] no daba la mejor idea.

En fin, yo no me he enterado bien del particular...
El señor Juan López se lo explicará a usted con más
pelos y señales.

—¡Corriente! —exclamó el Molinero—. Dile que
iré mañana.

—¡Ca, no, señor!... Tiene usted que venir ahora
mismo, sin perder un minuto. [Tal] es la orden que
me ha dado el señor alcalde.

Hubo un instante de silencio.

Los ojos de la señá Frasquita echaban llamas.

El tío Lucas no separaba los suyos del suelo, como
si buscara alguna cosa.

—Me concederás cuando menos —exclamó, al fin,
levantando la cabeza— el tiempo preciso para ir
a la cuadra y aparejar una burra...

—¡Qué burra ni qué demontre! —replicó el alguacil—. ¡Cualquiera se anda a pie media legua!
La noche está muy hermosa, y hace luna...

—Ya he visto que ha salido... Pero yo tengo los
pies muy hinchados...

—Pues entonces no perdamos tiempo. Yo le ayu-
daré a usted a aparejar la bestia.

—¡Hola! ¡Hola! ¿Temes que me escape?

—Yo no temo nada, tío Lucas —respondió Toñuelo con la frialdad de un desalmado—. Yo soy la
justicia.

Y, hablando así, *descansó armas;* con lo que dejó
ver el retaco que llevaba debajo del capote.

—Pues mira, Toñuelo... —dijo la Molinera—.
Ya que vas a la cuadra... a ejercer tu verdadero oficio..., hazme el favor de aparejar también la otra
burra.

—¿Para qué? —interrogó el Molinero.

—¡Para mí! Yo voy con vosotros.

—¡No puede ser, señá Frasquita! —objetó el alguacil—. Tengo orden de llevarme a su marido de
usted nada más, y de impedir que usted lo siga. En
ello me van «el destino y el pescuezo». Así me lo

advirtió el señor Juan López. Conque... vamos, tío Lucas.

Y se dirigió hacia la puerta.

—¡Cosa más rara! —dijo a media voz[82] el murciano sin moverse.

—¡Muy rara! —contestó la seña Frasquita.

—Esto es algo... que yo me sé... —continuó murmurando[83] el tío Lucas de modo que no pudiese oírlo Toñuelo.

—¿Quieres que vaya yo a la ciudad? —cuchicheó la navarra— y le dé aviso al Corregidor de lo que nos sucede?...

—¡No! —respondió en alta voz el tío Lucas—. ¡Eso no!

—¿Pues qué quieres que haga? —dijo la Molinera con gran ímpetu.

—Que me mires... —respondió el antiguo soldado.

Los dos esposos se miraron en silencio, y quedaron tan satisfechos ambos de la tranquilidad, la resolución y la energía que se comunicaron sus almas, que acabaron por encogerse de hombros y reírse.

Después de esto, el tío Lucas encendió otro candil y se dirigió a la cuadra, diciendo al paso a Toñuelo con socarronería:

—¡Vaya, hombre! ¡Ven y ayúdame... supuesto que eres tan amable!

Toñuelo lo siguió, canturriando una copla entre dientes.

Pocos minutos después el tío Lucas salía del molino, caballero en una hermosa jumenta y seguido del alguacil.

La despedida de los esposos se había reducido a lo siguiente:

—Cierra bien... —dijo el tío Lucas.

---

[82] tartamudeó.
[83] balbuceando (...) que no podía ser oído.

—Embózate, que hace fresco... —dijo la señá Frasquita, cerrando con llave, tranca y cerrojo.

Y no hubo más adiós, ni más beso, ni más abrazo, ni más mirada.

¿Para qué?

XVI

Un ave de mal agüero

Sigamos por nuestra parte al tío Lucas.

Ya habían andado un cuarto de legua sin hablar palabra, el Molinero subido en la borrica y el alguacil arreándola con su bastón de autoridad, cuando divisaron delante de sí, en lo alto de un repecho que hacía el camino, la sombra de un enorme pajarraco que se dirigía hacia ellos.

Aquella sombra se destacó enérgicamente sobre el cielo, esclarecido por la luna, dibujándose en él con tanta precisión que el Molinero exclamó en el acto:

—Toñuelo, ¡aquél es Garduña con su sombrero de tres picos y sus patas de alambre!

Mas antes de que contestara el interpelado, la sombra, deseosa sin duda de eludir aquel encuentro, había dejado el camino y echado a correr a campo traviesa con la velocidad de una verdadera garduña [84].

—No veo a nadie... —respondió entonces Toñuelo con la mayor naturalidad.

—Ni yo tampoco —replicó el tío Lucas, comiéndose la partida.

Y la sospecha que ya se le ocurrió en el molino principió a adquirir cuerpo y consistencia en el espíritu receloso del jorobado.

—Este viaje mío —díjose interiormente— es una estratagema amorosa del Corregidor. La declaración

---

[84] de un ave nocturna.

que le oí esta tarde desde lo alto del emparrado me demuestra que el vejete madrileño no puede esperar más. Indudablemente, esta noche va a volver de visita al molino, y por eso ha principiado quitándome de en medio... Pero ¿qué importa? ¡Frasquita es Frasquita, y no abrirá la puerta aunque le peguen fuego a la casa!... Digo más: aunque la abriese; aunque el Corregidor lograse, por medio de cualquier ardid, sorprender a mi excelente navarra, el pícaro viejo[85] saldría con las manos en la cabeza. ¡Frasquita es Frasquita! Sin embargo —añadió al cabo de un momento—, ¡bueno será volverme esta noche a casa lo más temprano que pueda![86].

Llegaron con esto al lugar el tío Lucas y el alguacil, dirigiéndose a casa del señor alcalde.

---

[85] el pobre hombre.
[86] que me sea posible.

XVII

Un alcalde de monterilla

El señor Juan López, que como particular y como
alcalde era la tiranía, la ferocidad y el orgullo personificados (cuando trataba con sus inferiores), dig-
nábase, sin embargo, a aquellas horas, después de
despachar los asuntos oficiales y los de su labranza
y de pegarle a su mujer su cotidiana paliza, beberse
un cántaro de vino en compañía del secretario y del sacristán, operación que iba más de mediada aquella noche cuando el Molinero compareció en su presencia.

—¡Hola, tío Lucas! —le dijo, rascándose la·cabeza
para excitar en ella la vena de los embustes—. ¿Cómo
va de salud? ¡A ver, secretario: échele usted un vaso
de vino al tío Lucas! ¿Y la señá Frasquita? ¿Se conserva
tan guapa? ¡Ya hace mucho tiempo que no la he
visto! Pero, hombre, ¡qué bien sale ahora la molienda! ¡El pan de centeno parece de trigo candeal!
Conque..., vaya... Siéntese usted, y descanse, que,
gracias a Dios, no tenemos prisa.

—¡Por mi parte, maldita aquélla! —contestó el tío
Lucas, que hasta entonces no había despegado los
labios, pero cuyas sospechas eran cada vez mayores
al ver el amistoso recibimiento que se le hacía, después
de una orden tan terrible y apremiante.

—Pues entonces, tío Lucas —continuó el alcalde—,
supuesto que no tiene usted gran prisa, dormirá
usted acá esta noche, y mañana temprano despacha-
remos nuestro asuntillo...

—Me parece bien... —respondió el tío Lucas con una ironía y un disimulo que nada tenían que envidiar a la diplomacia del señor Juan López—. Supuesto que la cosa no es urgente... pasaré la noche fuera de mi casa[87].

—Ni urgente ni de peligro para usted —añadió el alcalde, engañado por aquel a quien creía engañar—. Puede usted estar completamente tranquilo. Oye tú, Toñuelo... Alarga esa media fanega para que se siente el tío Lucas.

—Entonces... ¡venga otro trago! —exclamó el Molinero, sentándose.

—¡Venga de ahí! —repuso el alcalde, alargándole el vaso lleno.

—Está en buena mano... Médielo usted.

—¡Pues por su salud! —dijo el señor Juan López, bebiéndose la mitad del vino.

—Por la de usted..., señor alcalde —replicó el tío Lucas, apurando la otra mitad.

—¡A ver, Manuela! —gritó entonces el alcalde de monterilla—. Dile a tu ama que el tío Lucas se queda a dormir aquí. Que le ponga una cabecera en el granero.

—¡Ca! No... ¡De ningún modo! Yo duermo en el pajar como un rey.

—Mire usted que tenemos cabeceras...

—¡Ya lo creo! Pero a qué quiere usted incomodar a la familia? Yo traigo mi capote...

—Pues, señor, como usted guste. ¡Manuela!, dile a tu ama que no la ponga...

—Lo que sí va usted a permitirme —continuó el tío Lucas, bostezando de un modo atroz— es que me acueste en seguida. Anoche he tenido mucha molienda, y no he pegado todavía los ojos...

—¡Concedido! —respondió majestuosamente el alcalde—. Puede usted recogerse cuando quiera.

---

[87] me quedo.

—Creo que también es hora de que nos recojamos nosotros —dijo el sacristán, asomándose al cántaro de vino para graduar lo que quedaba—. Ya deben ser las diez... o poco menos.

—Las diez menos cuartillo... —notificó el secretario, después de repartir en los vasos el resto del vino correspondiente a aquella noche.

—¡Pues a dormir, caballeros! —exclamó el anfitrión, apurando su parte.

—Hasta mañana, señores —añadió el Molinero, bebiéndose la suya.

—Espere usted que le alumbren... ¡Toñuelo! Lleva al tío Lucas al pajar.

—¡Por aquí, tío Lucas!... —dijo Toñuelo, llevándose también el cántaro, por si le quedaban algunas gotas.

—Hasta mañana, si Dios quiere —agregó el sacristán, después de escurrir todos los vasos.

Y se marchó, tambaleándose y cantando alegremente el *De profundis*.

. . . .

—Pues, señor —díjole el alcalde al secretario cuando se quedaron solos—. El tío Lucas no ha sospechado nada. Nos podemos acostar descansadamente, y... ¡buena pro le haga al Corregidor!

XVIII

Donde se verá que el tío Lucas
tenía el sueño muy ligero

Cinco minutos después un hombre se descolgaba por la ventana del pajar del señor alcalde; ventana que daba a un corralón y que no distaría cuatro varas del suelo.

En el corralón había un cobertizo sobre una gran pesebrera, a la cual hallábanse atadas seis u ocho caballerías de diversa[88] alcurnia [bien que todas ellas del sexo débil. Los caballos, mulos y burros del sexo fuerte formaban rancho aparte en otro local contiguo].

El hombre desató una borrica, que por cierto estaba aparejada, y se encaminó llevándola del diestro, hacia la puerta del corral; retiró la tranca y desechó el cerrojo que la aseguraban: abrióla con mucho tiento, y se encontró en medio del campo.

Una vez allí, montó en la borrica, metióle los talones, y salió como una flecha con dirección a la ciudad; mas no por el carril ordinario, sino atravesando siembras y cañadas [como quien se precave contra algún mal encuentro].

Era el tío Lucas, que se dirigía a su molino.

---

[88] diferente.

XIX

Voces clamantes in deserto

—¡Alcaldes a mí, que soy de Archena! —iba diciendo el murciano—. ¡Mañana por la mañana pasaré a ver al señor Obispo, como medida preventiva, y le contaré todo lo que me ha ocurrido esta noche! ¡Llamarme con tanta prisa y[89] reserva, y a hora tan desusada[90]; decirme que venga solo; hablarme del servicio del Rey, y de moneda falsa, y de brujas, y de duendes, para echarme luego dos vasos de vino y mandarme a dormir!... ¡La cosa no puede ser más clara! Garduña trajo al lugar esas instrucciones de parte del Corregidor, y ésta es la hora en que el Corregidor estará ya en campaña contra mi mujer... ¡Quién sabe si me lo encontraré llamando a la puerta del molino! ¡Quién sabe si me lo encontraré ya dentro!... ¡Quién sabe...! Pero ¿qué voy a decir? ¡Dudar de mi navarra!... ¡Oh, esto es ofender a Dios! ¡Imposible que ella...! ¡Imposible que mi Frasquita...! ¡Imposible!... Mas ¿qué estoy diciendo? ¿Acaso hay algo imposible en el mundo? ¿No se casó conmigo, siendo ella tan hermosa y yo tan feo?

Y al hacer esta última reflexión, el pobre jorobado se echó a llorar...

Entonces paró la burra para serenarse; se enjugó las lágrimas; suspiró hondamente; sacó los avíos

---

[89] [tanta].
[90] a las nueve de la noche.

de fumar; picó y lió un cigarro de tabaco negro; empuñó luego pedernal, yesca y eslabón, y al cabo de algunos golpes consiguió encender candela.

En aquel mismo momento sintió rumor de pasos hacia el camino, que distaría de allí unas trescientas varas.

—¡Qué imprudente soy! —dijo—. ¡Si me andará buscando ya la justicia, y yo me habré vendido al echar estas yescas!

Escondió, pues, la lumbre, y se apeó, ocultándose detrás de la borrica.

Pero la borrica entendió las cosas de diferente modo, y lanzó un rebuzno de satisfacción.

—¡Maldita seas! —exclamó el tío Lucas, tratando de cerrarle la boca con las manos.

Al propio tiempo resonó otro rebuzno en el camino, por vía de galante respuesta.

—¡Estamos aviados! —prosiguió pensando el Molinero—. ¡Bien dice el refrán: el mayor mal de los males es tratar con animales!

Y, así discurriendo [91], volvió a montar, arreó la bestia, y salió disparado en dirección contraria al sitio en que había sonado el segundo rebuzno.

Y lo más particular fue que la persona que iba en el jumento interlocutor, debió de asustarse del tío Lucas tanto como el tío Lucas se había asustado de ella. [Lo digo, porque] apartóse también del camino [recelando sin duda que fuese un alguacil o un malhechor pagado por don Eugenio], y salió a escape por los sembrados de la otra banda.

El murciano, entretanto, continuó cavilando de este modo [92]:

—¡Qué noche! ¡Qué mundo! ¡Qué vida la mía desde hace una hora! ¡Alguaciles metidos a alcahuetes;

---

[91] diciendo.
[92] Notólo el murciano, y tranquilo ya por aquella parte, continuó discurriendo.

116

alcaldes que conspiran contra mi honra; burros que rebuznan cuando no es menester; y aquí en mi pecho, un miserable corazón que se ha atrevido a dudar de la mujer más noble que Dios ha criado! ¡Oh, Dios mío, Dios mío! ¡Haz que llegue pronto a mi casa y que encuentre allí a mi Frasquita!

Siguió caminando el tío Lucas, atravesando siembras y matorrales, hasta que al fin, a eso de las once de la noche, llegó sin novedad a la puerta grande del molino...

¡Condenación! ¡La puerta del molino estaba abierta!

XX

La duda y la realidad

Estaba abierta... ¡y él, al marcharse, había oído a su mujer cerrarla con llave, tranca y cerrojo!

Por consiguiente, nadie más que su propia mujer había podido abrirla.

[Pero] ¿Cómo? ¿Cuándo? ¿Por qué? ¿De resultas de un engaño? ¿A consecuencia de una orden? ¿O bien deliberada y voluntariamente, en virtud de previo acuerdo con el Corregidor?

¿Qué iba a ver? ¿Qué iba a saber? ¿Qué le aguardaba dentro de su casa? ¿Se había fugado la señá Frasquita? ¿Se la habrían robado? ¿Estaría muerta? ¿O estaría en brazos de su rival?

—El Corregidor contaba con que yo no podría venir en toda la noche... —se dijo lúgubremente [el tío Lucas]—. El alcalde del lugar tendría orden hasta de encadenarme, antes que permitirme volver...[93]. ¿Sabía todo esto Frasquita? ¿Estaba en el complot? ¿O ha sido víctima de un engaño, de una violencia, de una infamia?

No empleó más tiempo el sin ventura en hacer todas estas crueles reflexiones que el que tardó en atravesar la plazoletilla del emparrado.

También estaba abierta la puerta de la casa, cuyo primer aposento (como en todas las viviendas rústicas) era la cocina...

---

[93] si yo me hubiera empeñado en.

Dentro de la cocina no había nadie.

Sin embargo, una enorme fogata ardía en la chimenea... ¡chimenea que él dejó apagada, y que no se encendía nunca hasta [muy entrado] el mes de diciembre!

Por último, de uno de los ganchos de la espetera pendía un candil encendido...

¿Qué significaba todo aquello? ¿Y cómo se compadecía semejante aparato de vigilia y de sociedad con el silencio de muerte que reinaba en la casa?

¿Qué había sido de su mujer?

Entonces, y sólo entonces, reparó el tío Lucas en unas ropas que había colgadas en los espaldares de dos o tres sillas puestas alrededor de la chimenea...

Fijó la vista en aquellas ropas, y lanzó un rugido intenso, que se le quedó atravesado en la garganta, convertido en sollozo mudo y sofocante.

Creyó el infortunado que se ahogaba, y se llevó las manos al cuello, mientras que, lívido, convulso, con los ojos desencajados, contemplaba aquella vestimenta, poseído de tanto horror como el reo en capilla a quien le presentan la hopa[94].

Porque lo que allí veía era la capa de grana, el sombrero de tres picos, la casaca y la chupa de color de tórtola, el calzón de seda negra, las medias blancas, los zapatos con hebilla y hasta el bastón, el espadín y los guantes del execrable Corregidor... ¡Lo que allí veía era la ropa de su ignominia, la mortaja de su honra, el sudario de su ventura!

El terrible trabuco seguía en el mismo rincón en que dos horas antes lo dejó la navarra...

El tío Lucas dio un salto de tigre y se apoderó de él. Sondeó el cañón con la baqueta, y vio que estaba cargado. Miró la piedra, y halló que estaba en su lugar.

---

[94] *hopa:* «saco de los ajusticiados».

Volvióse entonces hacia la escalera que conducía a la cámara en que había dormido tantos años con la señá Frasquita, y murmuró sordamente:

—¡Allí están!

Avanzó, pues, un paso en aquella dirección; pero en seguida se detuvo para mirar en torno de sí y ver si alguien lo estaba observando...

—¡Nadie! —dijo mentalmente—. ¡Sólo Dios..., y Ése... ha querido esto!

Confirmada así la sentencia, fue a dar otro paso, cuando su errante mirada distinguió un pliego que había sobre la mesa...

Verlo, y haber caído sobre él, y tenerlo entre sus garras, fue todo cosa de un segundo.

¡Aquel papel era el nombramiento del sobrino de la señá Frasquita, firmado por don Eugenio de Zúñiga y Ponce de León!

—¡Este ha sido el precio de la venta! —pensó el tío Lucas, metiéndose el papel en la boca para sofocar sus gritos y dar alimento a su rabia—. ¡Siempre recelé que quisiera a su familia más que a mí! ¡Ah! ¡No hemos tenido hijos!... ¡He aquí la causa de todo!

Y el infortunado estuvo a punto de volver a llorar.

Pero luego se enfureció nuevamente, y dijo con un ademán terrible, ya que no con la voz:

—¡Arriba! ¡Arriba!

Y empezó a subir la escalera, andando a gatas con una mano, llevando el trabuco en la otra, y con el papel infame entre los dientes.

En corroboración de sus lógicas [95] sospechas, al llegar a la puerta del dormitorio (que estaba cerrada) vio que salían algunos rayos de luz por las junturas de las tablas y por el ojo de la llave.

—¡Aquí están! —volvió a decir.

Y se paró un instante, como para pasar aquel nuevo trago de amargura.

---

[95] naturales.

Luego continuó subiendo... hasta llegar a la puerta misma del dormitorio.

Dentro de él no se oía ningún ruido[96].

—¡Si no hubiera nadie! —le dijo tímidamente la esperanza.

Pero en aquel mismo instante el infeliz oyó toser dentro del cuarto...

¡Era la tos medio asmática del Corregidor!

¡No cabía duda! ¡No había tabla de salvación en aquel naufragio!

El Molinero sonrió en las tinieblas de un modo horroroso. ¿Cómo no brillan en la oscuridad semejantes relámpagos? ¿Qué es todo el fuego de las tormentas comparado con el que arde a veces en el corazón del hombre?

Sin embargo, el tío Lucas (tal era su alma, como ya dijimos en otro lugar) principió a tranquilizarse, no bien oyó la tos de su enemigo...

La realidad le hacía menos daño que la duda. Según le anunció él mismo aquella tarde a la señá Frasquita, desde el punto y hora en que perdía la única fe que era vida de su alma, empezaba a convertirse en un hombre nuevo.

Semejante al moro de Venecia —con quien ya lo comparamos al describir su carácter—, el desengaño mataba en él de un solo golpe todo el amor, transfigurando de paso la índole[97] de su espíritu y haciéndole ver el mundo como una región extraña a que acabara de llegar. La única diferencia consistía en que el tío Lucas era por idiosincrasia menos trágico, menos austero y más egoísta que el insensato sacrificador de Desdémona.

¡Cosa rara, pero propia de tales situaciones! La duda, o sea, la esperanza —que para el caso es lo mismo—, volvió todavía a mortificarle un momento...

---

[96] el más leve.
[97] la naturaleza.

—¡Si me hubiera equivocado! —pensó—. ¡Si la tos hubiese sido de Frasquita!...

En la tribulación de su infortunio, olvidábasele[98] que había visto las ropas del Corregidor cerca de la chimenea; que había encontrado abierta la puerta del molino; que había leído la credencial de su infamia...

Agachóse, pues, y miró por el ojo de la llave, temblando de incertidumbre y de zozobra.

El rayo visual no alcanzaba a descubrir más que un pequeño triángulo de cama, por la parte del cabecero... ¡Pero precisamente en aquel pequeño triángulo se veía un extremo de las almohadas, y sobre las almohadas la cabeza del Corregidor!

Otra risa diabólica contrajo el rostro del Molinero.

Dijérase que volvía a ser feliz...

—¡Soy dueño de la verdad!... [¡Meditemos!] —murmuró, irguiéndose tranquilamente.

Y volvió a bajar la escalera con el mismo tiento que empleó para subirla...

—El asunto es delicado... Necesito reflexionar. Tengo tiempo de sobra para *todo*... —iba pensando mientras bajaba.

Llegado que hubo a la cocina, sentóse en medio de ella, y ocultó la frente entre las manos.

Así permaneció mucho tiempo, hasta que le despertó de su meditación un leve golpe que sintió en un pie...

Era el trabuco que se había deslizado de sus rodillas, y que le hacía aquella especie de seña...

—¡No! ¡Te digo que no! —murmuró el tío Lucas, encarándose con el arma—. ¡No me convienes! Todo el mundo tendría lástima de *ellos*..., ¡y a mí me ahorcarían! ¡Se trata de un corregidor..., y matar a un corregidor es todavía en España cosa indisculpable! Dirían que lo maté por infundados celos, y que luego

---

[98] [ya al cuitado].

lo desnudé y lo metí en mi cama... Dirían, además, que maté a mi mujer por simples sospechas... ¡Y me ahorcarían! [¡Vaya si me ahorcarían!] ¡Además, yo habría dado muestras de tener muy poca alma, muy poco talento, si al remate de mi vida fuera digno de compasión! ¡Todos se reirían de mí! ¡Dirían que mi desventura era muy natural, siendo yo jorobado y Frasquita tan hermosa! ¡Nada, no! Lo que yo necesito es vengarme, y después de vengarme, triunfar, despreciar, reír, reírme mucho, reírme de todos, evitando por tal medio que nadie pueda burlarse[99] nunca de esta giba que yo he llegado a hacer hasta envidiable, y que tan grotesca sería en una horca.

Así discurrió el tío Lucas, tal vez sin darse cuenta de ello puntualmente, y, en virtud de semejante discurso, colocó el arma en su sitio, y principió a pasearse con los brazos atrás y la cabeza baja, como buscando su venganza en el suelo, en la tierra, en las ruindades de la vida, en alguna bufonada ignominiosa y ridícula para su mujer y para el Corregidor[100], lejos de buscar aquella misma venganza en la justicia, en el desafío, en el perdón, en el Cielo..., como hubiera hecho en su lugar cualquier otro hombre de condición menos rebelde que la suya a toda imposición de la Naturaleza, de la sociedad o de sus propios sentimientos.

De repente[101], paráronse sus ojos en la vestimenta del Corregidor...

Luego se paró él mismo...

Después fue demostrando[102] poco a poco en su semblante una alegría, un gozo, un triunfo indefinibles...; hasta que, por último, se echó a reír de

---

[99] pueda reírse.
[100] en alguna estratagema vulgar y bufona en completo ridículo a (...), en vez de buscar aquella misma venganza en la muerte, en la justicia, en el honor, en el cadalso, en el cielo...
[101] En tal estado.
[102] fue iluminándose.

una manera formidable..., esto es, a grandes carcajadas, pero sin hacer ningún ruido —a fin de que no lo oyesen desde arriba—, metiéndose los puños por los ijares para no reventar, estremeciéndose todo como un epiléptico, y teniendo que concluir por dejarse caer en una silla hasta que le pasó aquella convulsión de sarcástico regocijo. Era la propia risa de Mefistófeles.

No bien se sosegó, principió a desnudarse con una celeridad febril; colocó toda su ropa en las mismas sillas que ocupaba la del Corregidor; púsose cuantas prendas pertenecían a éste, desde los zapatos de hebilla hasta el sombrero de tres picos; ciñóse el espadín; embozóse en la capa de grana; cogió el bastón y los guantes, y salió del molino y se encaminó a la ciudad, balanceándose de la propia manera que solía don Eugenio de Zúñiga, y diciéndose de vez en vez esta frase que compendiaba su pensamiento:

—¡También la Corregidora es guapa!

XXI

¡En guardia, caballero!

Abandonemos por ahora al tío Lucas, y enterémonos de lo que había ocurrido en el molino desde que dejamos allí sola a la señá Frasquita hasta que su esposo volvió a él y se encontró con tan estupendas novedades.

Una hora habría pasado después que el tío Lucas se marchó con Toñuelo, cuando la afligida navarra, que se había propuesto no acostarse hasta que regresara su marido, y que estaba haciendo calceta en su dormitorio, situado en el piso de arriba, oyó lastimeros gritos fuera de la casa, hacia el paraje, allí muy próximo, por donde corría el agua del caz.

—¡Socorro, que me ahogo! ¡Frasquita! ¡Frasquita!… —exclamaba una voz de hombre, con el[103] lúgubre acento de la desesperación.

—¿Si será Lucas? —pensó la navarra, llena de un terror que no necesitamos describir.

En el mismo dormitorio había una puertecilla, de que ya nos habló Garduña, y que daba efectivamente sobre la parte alta del caz. Abrióla sin vacilación la señá Frasquita por más que no hubiera reconocido la voz que pedía auxilio, y encontróse de manos a boca con el Corregidor, que en aquel momento salía todo chorreando de la impetuosísima acequia…

---

[103] con todo el.

—¡Dios me perdone! ¡Dios me perdone! —balbuceaba el infame viejo—. ¡Creí que me ahogaba!

—¡Cómo! ¿Es usted? ¿Qué significa? ¿Cómo se atreve? ¿A qué viene usted a estas horas? —gritó la Molinera con más indignación que espanto, pero retrocediendo maquinalmente.

—¡Calla! ¡Calla, mujer! —tartamudeó el Corregidor, colándose en el aposento detrás de ella—. Yo te lo diré todo... ¡He estado para ahogarme! ¡El agua me llevaba ya como a una pluma! ¡Mira, mira, cómo me he puesto!

—¡Fuera, fuera de aquí! —replicó la señá Frasquita con mayor violencia—. ¡No tiene usted nada que explicarme!... ¡Demasiado lo comprendo todo! ¿Qué me importa a mí que usted se ahogue? ¿Lo he llamado yo a usted? ¡Ah! ¡Qué infamia! ¡Para esto ha mandado usted prender a mi marido!

—Mujer, escucha...

—¡No escucho! ¡Márchese usted inmediatamente, señor Corregidor!... ¡Márchese usted o no respondo de su vida!...

—¿Qué dices?

—¡Lo que usted oye! Mi marido no está en casa; pero yo me basto para hacerla respetar. ¡Márchese usted por donde ha venido, si no quiere que yo le arroje otra vez al agua con mis propias manos!

—¡Chica, chica! ¡No grites tanto, que no soy sordo! —exclamó el viejo libertino—. ¡Cuando yo estoy aquí, por algo será! Vengo [104] a libertar al tío Lucas, a quien ha preso por equivocación un alcalde de monterilla... Pero, ante todo, necesito que me seques estas ropas... ¡Estoy calado hasta los huesos!

—¡Le digo a usted que se marche!

—¡Calla, tonta!... ¿Qué sabes tú?... Mira... aquí te traigo un nombramiento de tu sobrino... Enciende

---

[104] Yo vengo.

la lumbre, y hablaremos... [Por lo demás], mientras se seca la ropa, yo me acostaré en esta cama.

—¡Ah, ya! ¿Conque declara usted que venía por mí? ¿Conque declara usted que para eso ha mandado arrestar a mi Lucas? ¿Conque traía usted su nombramiento y todo? ¡Santos y santas del cielo! ¿Qué se habrá figurado de mí este mamarracho?

—¡Frasquita! ¡Soy el Corregidor!

—¡Aunque fuera usted el rey! A mí ¿qué? ¡Yo soy la mujer de mi marido, y el ama de mi casa! ¿Cree usted que yo me asusto de los corregidores? ¡Yo sé ir a [105] Madrid, y al fin del mundo, a pedir justicia contra el viejo insolente que así arrastra su autoridad por los suelos! Y, sobre todo, yo sabré mañana ponerme la mantilla, e ir a ver a la señora Corregidora...

—¡No harás nada de eso! —repuso el Corregidor, perdiendo la paciencia, o mudando de táctica—. No harás nada de eso; porque yo te pegaré un tiro, si veo que no entiendes de razones...

—¡Un tiro! —exclamó la señá Frasquita con voz sorda.

—Un tiro, sí... Y de ello no me resultará perjuicio alguno. Casualmente he dejado dicho en la ciudad que salía esta noche a caza de criminales... ¡Conque no seas necia... y quiéreme... como yo te adoro!

—Señor Corregidor: ¿un tiro? —volvió a decir la navarra echando los brazos atrás y el cuerpo hacia adelante, como para lanzarse sobre su adversario.

—Si te empeñas, te lo pegaré, y así me veré libre de tus amenazas y de tu hermosura... —respondió el Corregidor lleno de miedo y sacando un par de cachorrillos.

—¿Conque pistolas también? ¡Y en la otra faltriquera el nombramiento de mi sobrino! —dijo la señá Frasquita, moviendo la cabeza de arriba abajo—.

---

[105] [a Granada] y a.

Pues, señor, la elección no es dudosa. Espere Usía un momento, que voy a encender la lumbre.

Y, así hablando, se dirigió rápidamente a la escalera, y la bajó en tres brincos.

El Corregidor cogió la luz, y salió detrás de la Molinera, temiendo que se escapara; pero tuvo que bajar mucho más despacio, de cuyas resultas, cuando llegó a la cocina, tropezó con la navarra, que volvía ya en su busca.

—¿Conque decía usted que me iba a pegar un tiro? —exclamó aquella indomable mujer dando un paso atrás—. Pues, ¡en guardia, caballero; que yo ya lo estoy!

Dijo, y se echó a la cara el formidable trabuco que tanto papel representa en esta historia.

—¡Detente, desgraciada! ¿Qué vas a hacer? —gritó el Corregidor, muerto de susto—. Lo de mi tiro era una broma... Mira... los cachorrillos están descargados. En cambio, es verdad lo del nombramiento... Aquí lo tienes... Tómalo... Te lo regalo... [Tuyo es...], de balde, [enteramente de balde...].

Y lo colocó temblando sobre la mesa.

—¡Ahí está bien! —repuso la navarra—. Mañana me servirá para encender la lumbre, cuando le guise el almuerzo a mi marido. ¡De usted [106] no quiero ya ni la gloria; y, si mi sobrino viniese alguna vez de Estella, sería para pisotearle a usted la fea mano con que ha escrito su nombre en ese papel indecente! ¡Ea, lo dicho! ¡Márchese usted de mi casa! ¡Aire! ¡Aire! ¡Pronto!..., ¡que ya se me sube la pólvora a la cabeza!

El Corregidor no contestó a este discurso. Habíase puesto lívido, casi azul; tenía los ojos torcidos, y un temblor como de terciana [107] agitaba todo su cuerpo. Por último, principió a castañetear los dientes, y

---

[106] [Lo que es] de.
[107] *terciana:* «calentura que repite cada tres días».

cayó al suelo, presa de una convulsión espantosa.

El susto del caz, lo muy mojadas que seguían todas sus ropas, la violenta escena del dormitorio, y el miedo al trabuco con que le apuntaba la navarra, habían agotado las fuerzas del enfermizo anciano.

—¡Me muero! —balbuceó—. ¡Llama a Garduña!... Llama a Garduña, que estará ahí..., en la ramblilla... ¡Yo no debo morirme en esta casa!...

No pudo continuar. Cerró los ojos y se quedó como muerto.

—¡Y se morirá como lo dice! —prorrumpió la señá Frasquita—. Pues [señor], ¡ésta es la más negra! ¿Qué hago yo ahora con este hombre en mi casa? ¿Que dirían de mí si se muriese? ¿Qué diría Lucas?... ¿Cómo podría justificarme, cuando yo misma le he abierto la puerta? ¡Oh, no... Yo no debo quedarme aquí con él. ¡Yo debo buscar a mi marido; yo debo escandalizar el mundo antes de comprometer mi honra!

Tomada esta resolución, soltó el trabuco, fuese al corral, cogió la burra que quedaba en él, la aparejó de cualquier modo, abrió la puerta grande de la cerca, montó de un salto, a pesar de sus carnes, y se dirigió a la ramblilla.

—¡Garduña! ¡Garduña! —iba gritando la navarra, conforme se acercaba a aquel sitio.

—¡Presente! —respondió al cabo el alguacil, apareciendo detrás de un seto—. ¿Es usted, señá Frasquita?

—Sí, yo soy. ¡Ve al molino, y socorre a tu amo, que se está muriendo...

—¿Qué dice usted? [¡Vaya un maula!]

—Lo que oyes, Garduña...

—¿Y usted [alma mía?] ¿Adónde va a estas horas?

—¿Yo?... [¡Quita allá, badulaque!] ¡Yo voy a la ciudad por un médico! —contestó la señá Frasquita, arreando la burra [con un talonazo y a Garduña con un puntapié].

Y tomó... no el camino de la ciudad, como acababa de decir, sino el del lugar inmediato.

Garduña no reparó en esta última circunstancia, pues iba ya dando zancajadas hacia el molino y discurriendo al par de esta manera:

[—¡Va por un médico!...] ¡La infeliz no puede hacer más! ¡Pero él es un pobre hombre! ¡Famosa [108] ocasión de ponerse malo!... ¡Dios le da confites a quien no puede roerlos!

---

[108] Vaya una ocasión.

XXII

Garduña se multiplica

Cuando Garduña llegó al molino, el Corregidor principiaba a volver en sí, procurando levantarse del suelo.

En el suelo también, y a su lado, estaba el velón encendido que bajó Su Señoría del dormitorio.

—¿Se ha marchado ya? —fue la primera frase de don Eugenio [109].

—¿Quién?

—¡El demonio!... Quiero decir, la Molinera.

—Sí, señor... Ya se ha marchado..., y no creo que iba de muy buen humor...

—¡Ay, Garduña! Me estoy muriendo...

—Pero ¿qué tiene Usía? ¡Por vida de los hombres!

—Me he caído en el caz, y estoy hecho una sopa... ¡Los huesos se me parten de frío!

—¡Toma, toma! ¡Ahora salimos con eso!

—¡Garduña!... ¡Ve lo que te dices!...

—Yo no digo nada, señor...

—Pues bien: sácame de este apuro...

—Voy volando... ¡Verá Usía qué pronto lo arreglo todo!

Así dijo el alguacil, y, en un periquete cogió la luz con una mano, y con la otra se metió al Corregidor debajo del brazo; subiólo al dormitorio; púsolo en

---

[109] del Corregidor.

cueros; acostólo en la cama; corrió al jaraíz[110]; reunió una brazada de leña; fue a la cocina; hizo una gran lumbre; bajó todas las ropas de su amo; colocólas en los espaldares de dos o tres sillas; encendió un candil; lo colgó de la espetera, y tornó a subir a la cámara.

—¿Qué tal vamos? —preguntó entonces a don Eugenio, levantando en alto el velón para verle mejor el rostro.

—¡Admirablemente! ¡Conozco que voy a sudar! ¡Mañana te ahorco, Garduña!

—¿Por qué, señor?

—¿Y te atreves a preguntármelo? ¿Crees tú que, al seguir el plan que me trazaste, esperaba yo acostarme solo en esta cama, después de recibir por segunda vez el sacramento del bautismo? ¡Mañana mismo te ahorco!

—Pero cuénteme Usía algo... ¿La señá Frasquita?...

—La señá Frasquita ha querido asesinarme. ¡Es todo lo que he logrado con tus consejos! Te digo que te ahorco mañana por la mañana.

—¡Algo menos será, señor Corregidor! —repuso el alguacil.

—¿Por qué lo dices, insolente? ¿Porque me ves aquí postrado?

—No, señor. Lo digo, porque la señá Frasquita no ha debido de mostrarse tan inhumana como Usía cuenta, cuando ha ido a la ciudad a buscarle un médico...

—¡Dios santo! ¿Estás seguro de que ha ido a la ciudad? —exclamó don Eugenio más aterrado que nunca.

—A lo menos, eso me ha dicho ella...

—¡Corre, corre, Garduña! ¡Ah! ¡Estoy perdido sin remedio! ¿Sabes a qué va la señá Frasquita a la ciudad? ¡A contárselo todo a mi mujer!... ¡A decirle

---

[110] *jaraíz:* «lagar».

que estoy aquí! ¡Oh, Dios mío! ¿Cómo había yo de figurarme esto? ¡Yo creí que se habría ido al lugar en busca de su marido; y, como lo tengo allí a buen recaudo, nada me importaba su viaje! Pero ¡irse a la ciudad!... ¡Garduña, corre, corre..., tú que eres andarín, y evita mi perdición! ¡Evita que la terrible Molinera entre en mi casa!

—¿Y no me ahorcará Usía si lo consigo? —prosiguió irónicamente el alguacil.

—¡Al contrario! Te regalaré unos zapatos en buen uso, que me están grandes. ¡Te regalaré todo lo que quieras!

—Pues voy volando. Duérmase Usía tranquilo. Dentro de media hora estoy aquí de vuelta, después de dejar en la cárcel a la navarra. ¡Para algo soy más ligero que una borrica!

Dijo Garduña, y desapareció por la escalera abajo.

Se cae de su peso que, durante aquella ausencia del alguacil, fue cuando el Molinero estuvo en el molino y vio visiones por el ojo de la llave.

Dejemos, pues, al Corregidor sudando en el lecho ajeno, y a Garduña corriendo hacia la ciudad (adonde tan pronto había de seguirlo el tío Lucas con sombrero de tres picos y capa de grana), y, convertidos también nosotros en andarines, volemos con dirección al lugar, en seguimiento de la valerosa señá Frasquita.

XXIII

Otra vez el desierto y las consabidas voces

La única aventura que le ocurrió a la navarra en su viaje desde el molino al pueblo, fue asustarse un poco al notar que alguien echaba yescas en medio de un sembrado.

—¿Si será un esbirro del Corregidor? ¿Si irá a detenerme? —pensó la Molinera.

En esto se oyó un rebuzno hacia aquel mismo lado.

—¡Burros en el campo a estas horas! —siguió pensando la señá Frasquita—. Pues lo que es por aquí no hay ninguna huerta ni cortijo... ¡Vive Dios que los duendes se están despachando esta noche a su gusto! [Porque la borrica de mi marido no puede ser... ¿Qué haría mi Lucas a medianoche, parado fuera del camino? ¡Nada!, ¡nada! ¡Indudablemente es un espía!]

La burra que montaba la señá Frasquita creyó oportuno rebuznar también en aquel instante.

—¡Calla, demonio! —le dijo la navarra, clavándole un alfiler de a ochavo en mitad de la *cruz*.

Y, temiendo algún encuentro que no le conviniese, sacó también su bestia fuera del camino, y la hizo trotar por otros sembrados [111].

---

[111] [Pero pronto se tranquilizó al comprender que el hombre que echaba yescas y el asno del primer rebuzno constituían en

Sin más accidente, llegó a las puertas del lugar, a tiempo que serían las once de la noche.

---

aquel caso una sola entidad, y que esa entidad había salido huyendo en dirección contraria a la suya. —¡A un cobarde, otro mayor!—exclamó la molinera, burlándose de su miedo y del ajeno.]

XXIV

Un Rey de entonces

Hallábase ya durmiendo la mona el señor alcalde, vuelta la espalda a la espalda de su mujer (y formando así con ésta la[112] figura de *águila austríaca de dos cabezas* que dice nuestro inmortal Quevedo), cuando Toñuelo llamó a la puerta de la cámara nupcial, y avisó al señor Juan López que la señá Frasquita, *la del molino*, quería hablarle.

No tenemos para qué referir todos los gruñidos y juramentos inherentes al acto de despertar y vestirse el alcalde de monterilla, y nos trasladamos desde luego al instante en que la Molinera lo vio llegar, desperezándose como un gimnasta que ejercita la musculatura, y exclamando en medio de un bostezo interminable:

—¡Téngalas usted muy buenas, señá Frasquita! ¿Qué le trae a usted por aquí? ¿No le dijo a usted Toñuelo que se quedase en el molino? ¿Así desobedece usted a la autoridad?

—¡Necesito ver a mi Lucas! —respondió la navarra—. ¡Necesito verlo al instante! ¡Que le digan que está aquí su mujer!

—«¡Necesito! ¡Necesito!» Señora, ¡a usted se le olvida que está hablando con el rey!...

—¡Déjeme usted a mí de reyes, señor Juan, que no estoy para bromas! ¡Demasiado sabe usted lo

---

[112] aquella figura.

136

que me sucede! ¡Demasiado sabe para qué ha preso a mi marido!

—Yo no sé nada, señá Frasquita... Y en cuanto a su marido de usted, no está preso, sino durmiendo tranquilamente en esta su casa, y tratado como yo trato a las personas. ¡A ver, Toñuelo! ¡Toñuelo! Anda al pajar, y dile al tío Lucas que se despierte y venga corriendo... Conque vamos... ¡cuénteme usted lo que pasa!... ¿Ha tenido usted miedo de dormir sola?

—¡No sea usted desvergonzado, señor Juan! ¡Demasiado sabe usted que a mí no me gustan sus bromas ni sus veras! ¡Lo que me pasa es una cosa muy sencilla: que usted y el señor Corregidor han querido perderme! ¡pero que se han llevado solemne chasco! ¡Yo estoy aquí sin tener de qué abochornarme, y el señor Corregidor se queda en el molino muriéndose!...

—¡Muriéndose el Corregidor! —exclamó su subordinado—. Señora, ¿sabe usted lo que dice?

—¡Lo que usted oye! Se ha caído en el caz, y casi se ha ahogado, o ha cogido una pulmonía, o yo no sé... ¡Eso es cuenta de la Corregidora! Yo vengo a buscar a mi marido, sin perjuicio de salir mañana mismo para Madrid [113] [donde le contaré al rey...].

—¡Demonio, demonio! —murmuró el señor Juan López—. ¡A ver, Manuela!... ¡Muchacha!... Anda y aparéjame la mulilla... Señá Frasquita, al molino voy... ¡Desgraciada de usted si le ha hecho algún daño al señor Corregidor!

—¡Señor alcalde, señor alcalde! —exclamó en esto Toñuelo, entrando más muerto que vivo—. El tío Lucas no está en el pajar. Su burra no se halla tampoco en los pesebres, y la puerta del corral está abierta... ¡De modo que el pájaro se ha escapado!

—¿Qué estás diciendo? —gritó el señor Juan López.

—¡Virgen del Carmen! ¿Qué va a pasar en mi casa?

---

[113] a Granada.

—exclamó la señá Frasquita—. ¡Corramos, señor alcalde; no perdamos tiempo!... Mi marido va a matar al Corregidor al encontrarlo allí a estas horas...

—¿Luego usted cree que el tío Lucas está en el molino?

—¿Pues no lo he de creer? Digo más..: cuando yo venía me he cruzado con él sin conocerlo. ¡El era sin duda uno que echaba yescas en medio de un sembrado! ¡Dios mío! ¡Cuando piensa una que los animales tienen más entendimiento que las personas! Porque ha de saber usted, señor Juan, que indudablemente nuestras dos burras se reconocieron y se saludaron, mientras que mi Lucas y yo ni nos saludamos ni nos reconocimos... ¡Antes bien huimos el uno del otro, tomándonos mutuamente por espías...!

—¡Bueno está su Lucas de usted! —replicó el alcalde—. En fin, vamos andando y ya veremos lo que hay que hacer con todos ustedes. ¡Conmigo no se juega! ¡Yo soy el rey!... Pero no un rey como el que ahora tenemos en Madrid, o sea, en El Pardo, sino como aquel que hubo en Sevilla, a quien llamaban don Pedro el Cruel. ¡A ver, Manuela! ¡Tráeme el bastón, y dile a tu ama que me marcho!

Obedeció la sirvienta (que era por cierto más buena moza de lo que convenía a la alcaldesa y a la moral) y, como la mulilla del señor Juan López estuviese ya aparejada, la señá Frasquita y él salieron para el molino, seguidos del indispensable Toñuelo.

XXV

La estrella de Garduña

Precedámosles nosotros, supuesto que tenemos carta blanca para andar más de prisa que nadie.

Garduña se hallaba ya de vuelta en el molino, después de haber buscado a la señá Frasquita por todas las calles de la ciudad.

El astuto alguacil había tocado de camino en el Corregimiento, donde lo encontró todo muy sosegado. Las puertas seguían abiertas como en medio del día, según es costumbre cuando la autoridad está en la calle ejerciendo sus sagradas funciones. Dormitaban en la meseta de la escalera y en el recibimiento otros alguaciles y ministros, esperando [descansadamente] a su amo; [mas] cuando sintieron llegar a Garduña, desperezáronse dos o tres de ellos, y le preguntaron al que era su decano y jefe inmediato:

—¿Viene ya el señor?

—¡Ni por asomo! Estaos quietos. Vengo a saber si ha habido novedad en la casa...[114].

—Ninguna.

—¿Y la Señora?

—Recogida en sus aposentos.

—¿No ha entrado una mujer por estas puertas hace poco?

—Nadie ha aparecido por aquí en toda la noche...

—Pues no dejéis entrar a persona alguna, sea quien

---

[114] por aquí.

sea y diga lo que diga. ¡Al contrario! Echadle mano al mismo lucero del alba que venga a preguntar por el Señor o por la Señora, y llevadlo a la cárcel.

—¿Parece que esta noche se anda a caza de pájaros de cuenta? —preguntó uno de los esbirros.

—¡Caza mayor! —añadió otro.

—¡Mayúscula! —respondió Garduña solemnemente—. ¡Figuraos si la cosa será delicada, cuando el señor Corregidor y yo hacemos la batida por nosotros mismos!... Conque... hasta luego, buenas piezas, y ¡mucho ojo!

—Vaya usted con Dios, señor Bastián —repusieron todos saludando a Garduña.

—¡Mi estrella se eclipsa! —murmuró éste al salir del Corregimiento—. ¡Hasta las mujeres me engañan! La Molinera se encaminó al lugar en busca de su esposo, en vez de venirse a la ciudad... ¡Pobre Garduña! ¿Qué se ha hecho de tu olfato?

Y, discurriendo de este modo, tomó la vuelta al molino.

Razón tenía el alguacil para echar de menos su antiguo olfato, pues [115] que no venteó a un hombre que se escondía en aquel momento detrás de unos mimbres, a poca distancia de la ramblilla [116], y el cual exclamó para su capote, o más bien para su capa grana:

—¡Guarda, Pablo! ¡Por allí viene Garduña!... Es menester que no me vea...

Era el tío Lucas vestido de corregidor, que se dirigía a la ciudad, repitiendo de vez en cuando su diabólica frase:

—¡También la Corregidora es guapa!

Pasó Garduña sin verlo, y el falso corregidor dejó su escondite y penetró en la población...

Poco después llegaba el alguacil al molino, según dejamos indicado.

---

[115] puesto que.
[116] de la ciudad, exclamando.

XXVI

Reacción

El Corregidor seguía en la cama, tal y como acababa de verlo el tío Lucas por el ojo de la llave.

—¡Qué bien sudo, Garduña! ¡Me he salvado de una enfermedad! —exclamó tan luego como penetró el alguacil en la estancia—. ¿Y la señá Frasquita? ¿Has dado con ella? ¿Viene contigo? ¿Ha hablado con la Señora?

—La Molinera, señor [—respondió Garduña con angustiado acento—], me engañó como a un pobre hombre; pues no se fue a la ciudad, sino al pueblecillo... en busca de su esposo. [Perdone Usía la torpeza...]

—¡Mejor! ¡Mejor! —dijo el madrileño, con los ojos chispeantes de maldad—. ¡Todo se ha salvado entonces! Antes de que amanezca estarán caminando para las cárceles de la Inquisición [117], atados codo con codo, el tío Lucas y la señá Frasquita, y allí se pudrirán sin tener a quien contarle sus aventuras de esta noche. Tráeme la ropa, Garduña, que ya estará seca... ¡Tráemela y vísteme! ¡El amante se va a convertir en Corregidor!...

Garduña bajó a la cocina por la ropa.

. . . .

----

[117] [de Granada].

XXVII

¡Favor al Rey!

Entretanto, la señá Frasquita, el señor Juan López y Toñuelo avanzaban hacia el molino, al cual llegaron pocos minutos después.

—¡Yo entraré delante! —exclamó el alcalde de monterilla—. ¡Para algo soy la autoridad! Sígueme, Toñuelo, y usted, señá Frasquita, espérese a la puerta hasta que yo la llame.

Penetró, pues, el señor Juan López bajo la parra, donde vio a la luz de la luna un hombre casi jorobado, vestido como solía el Molinero, con chupetín y calzón de paño pardo, faja negra, medias azules, montera murciana de felpa, y el capote de monte al hombro.

—¡Él es! —gritó el alcalde—. ¡Favor al rey! ¡Entréguese usted, tío Lucas!

El hombre de la montera intentó meterse en el molino.

—¡Date! —gritó a su vez Toñuelo, saltando sobre él, cogiéndolo por el pescuezo, aplicándole una rodilla al espinazo y haciéndole rodar por tierra.

Al mismo tiempo, otra especie de fiera saltó sobre Toñuelo, y agarrándolo de la cintura, lo tiró sobre el empedrado y principió a darle de bofetones.

Era la señá Frasquita, que exclamaba:

—¡Tunante! ¡Deja a mi Lucas!

Pero, en esto, otra persona, que había aparecido llevando del diestro una borrica, metióse resueltamente entre los dos, y trató de salvar a Toñuelo...

Era Garduña, que, tomando al alguacil del lugar por don Eugenio de Zúñiga, le decía a la Molinera:

—¡Señora, respete usted a mi amo!

Y la derribó de espaldas sobre el lugareño.

La señá Frasquita, viéndose entre dos fuegos, descargó entonces a Garduña tal revés en medio del estómago, que le hizo caer de boca tan largo como era.

Y, con él, ya eran cuatro las personas que rodaban por el suelo.

El señor Juan López impedía entretanto levantarse al supuesto tío Lucas, teniéndole plantado un pie sobre los riñones.

—¡Garduña! ¡Socorro! ¡Favor al rey! ¡Yo soy el Corregidor! —gritó al fin don Eugenio, sintiendo que la pezuña del Alcalde, calzada con albarca de piel de toro, lo reventaba materialmente.

—¡El Corregidor! ¡Pues es verdad! —dijo el señor Juan López, lleno de asombro...

—¡El Corregidor! —repitieron todos. Y pronto estuvieron [118] de pie los cuatro derribados.

—¡Todo el mundo a la cárcel! —exclamó don Eugenio de Zúñiga—. ¡Todo el mundo a la horca!

— Pero, señor... —observó el señor Juan López, poniéndose de rodillas—. ¡Perdone Usía que lo haya maltratado! ¡Cómo había de conocer a Usía con esa ropa [tan ordinaria?]

—¡Bárbaro! —replicó el Corregidor—. ¡Alguna había de ponerme! ¿No sabes que me han robado la mía? ¿No sabes que una compañía de ladrones, mandada por el tío Lucas...?

—¡Miente usted! —gritó la navarra [119].

—Escúcheme usted, señá Frasquita —le dijo Garduña, llamándola aparte—. Con permiso del señor Corregidor y la compaña... ¡Si usted no arregla esto,

---

[118] estaban.
[119] dijo la molinera.

nos van a ahorcar a todos, empezando por el tío Lucas!...

—Pues ¿qué ocurre? —preguntó la señá Frasquita.

—Que el tío Lucas anda a estas horas por la ciudad vestido de corregidor..., y que Dios sabe si habrá llegado con su disfraz hasta el propio dormitorio de la Corregidora.

Y el alguacil le refirió en cuatro palabras todo lo que ya sabemos.

—¡Jesús! —exclamó la Molinera—. ¡Conque mi marido me cree deshonrada! ¡Conque ha ido a la ciudad a vengarse! ¡Vamos, vamos a la ciudad, y justificadme a los ojos de mi Lucas!

—¡Vamos a la ciudad, e impidamos que ese hombre hable con mi mujer y le cuente todas las majaderías que se haya figurado! —dijo el Corregidor, arrimándose a una de las burras—. Déme usted un pie para montar, señor alcalde.

—Vamos a la ciudad, sí... —añadió Garduña—; ¡y quiera el cielo, señor Corregidor, que el tío Lucas, amparado por su vestimenta, se haya contentado con hablarle a la Señora!

—¿Qué dices, desgraciado? —prorrumpió don Eugenio de Zúñiga—. ¿Crees tú [a ese villano] capaz?...

—¡De todo! —contestó la señá Frasquita.

XXVIII

¡Ave María Purísima!
¡Las doce y media y sereno!

Así gritaba por las calles de la ciudad quien tenía facultades para tanto, cuando la Molinera y el Corregidor, cada cual en una de las burras del molino, el señor Juan López en su mula, y los dos alguaciles andando, llegaron a la puerta del Corregimiento.

La puerta estaba cerrada.

Dijérase que para el gobierno, lo mismo que para los gobernados, había concluido todo por aquel día.

—¡Malo! —pensó Garduña.

Y llamó con el aldabón dos o tres veces.

Pasó mucho tiempo, y ni abrieron ni contestaron.

La señá Frasquita estaba más amarilla que la cera.

El Corregidor se había comido ya todas las uñas de ambas manos.

¡Pum!... ¡Pum!... ¡Pum!..., golpes y más golpes a la puerta del Corregimiento (aplicados sucesivamente por los dos alguaciles y por el señor Juan López)... ¡Y nada! ¡No respondía nadie! ¡No abrían! ¡No se movía una mosca! ¡Sólo se oía el claro rumor de los caños de una fuente que había en el patio de la casa.

Y de esta manera transcurrían minutos, largos como eternidades.

Al fin, cerca de la una, abrióse un ventanillo del piso segundo, y dijo una voz femenina:

—¿Quién?

—Es la voz del ama de leche... —murmuró Garduña.

145

—¡Yo! —respondió don Eugenio de Zúñiga—. ¡Abrid!

Pasó un instante de silencio.

—¿Y quién es usted? —replicó luego la nodriza.

—¿Pues no me está usted oyendo? ¡Soy el amo!... ¡El Corregidor!...

Hubo otra pausa.

—¡Vaya usted mucho con Dios! —repuso la buena mujer—. Mi amo vino hace una hora, y se acostó en seguida. ¡Acuéstense ustedes también, y duerman el vino que tendrán en el cuerpo!

Y la ventana se cerró de golpe.

La señá Frasquita se cubrió el rostro con las manos.

—¡Ama! —tronó el Corregidor, fuera de sí—. ¿No oye usted que le digo que abra la puerta? ¿No oye usted que soy yo? ¿Quiere usted que la ahorque también?

La ventana volvió a abrirse.

—Pero vamos a ver... [—expuso el ama—]. ¿Quién es usted para dar esos gritos?

—¡Soy el Corregidor!

—¡Dale, bola! ¿No le digo a usted que el señor corregidor vino antes de las doce..., y que yo lo vi con mis propios ojos encerrarse en las habitaciones de la Señora? ¿Se quiere usted divertir conmigo? ¡Pues espere usted..., y verá lo que le pasa!

Al mismo tiempo se abrió repentinamente la puerta y una nube de criados y ministriles, provistos de sendos garrotes, se lanzó sobre los de afuera, exclamando furiosamente:

—¡A ver! ¿Dónde está ese que dice que es el Corregidor? ¿Dónde está ese chusco? ¿Dónde está ese borracho?

Y se armó un lío de todos los demonios en medio de la oscuridad, sin que nadie pudiera entenderse, y no dejando de recibir algunos palos el Corregidor, Garduña, el señor Juan López y Toñuelo.

146

Era la segunda paliza que le costaba a don Eugenio su aventura de aquella noche, además del remojón que se dio en el caz del molino.

La señá Frasquita, apartada de aquel laberinto, lloraba por la primera vez de su vida...

—¡Lucas! ¡Lucas! —decía—. ¡Y has podido dudar de mí! ¡Y has podido estrechar en tus brazos a otra! ¡Ah! ¡Nuestra desventura no tiene ya remedio!

XXIX

Post nubila… Diana

—¿Qué escándalo es éste? —dijo al fin una voz tranquila, majestuosa y de gracioso timbre, resonando encima de aquella baraúnda.

Todos levantaron la cabeza, y vieron a una mujer vestida de negro asomada al balcón principal del edificio.

—¡La Señora! —dijeron los criados, suspendiendo la retreta de palos.

—¡Mi mujer! —tartamudeó don Eugenio.

—Que pasen esos rústicos… El señor Corregidor dice que lo permite… —agregó la Corregidora.

Los criados cedieron paso, y el de Zúñiga y sus compañeros penetraron en el portal y tomaron por la escalera de arriba.

Ningún reo ha subido al patíbulo con paso tan inseguro y semblante tan demudado como el Corregidor subía las escaleras de su casa. Sin embargo, la idea de su deshonra principiaba ya a descollar, con noble egoísmo, por encima de todos los infortunios que había causado y que lo afligían y sobre las demás ridiculeces de la situación en que se hallaba…

—¡Antes que todo —iba pensando—, soy un Zúñiga y un Ponce de León!… ¡Ay de aquellos que lo hayan echado en olvido! [¡Ay de mi mujer, si ha mancillado mi nombre!]

XXX
Una señora de clase

La Corregidora recibió a su esposo y a la rústica comitiva en el salón principal del Corregimiento. Estaba sola, de pie y con los ojos clavados en la puerta.

Érase una principalísima dama, bastante joven todavía, de plácida y severa hermosura, más propia del pincel cristiano que del cincel gentílico, y estaba vestida con toda la nobleza y seriedad que consentía el gusto de la época. Su traje, de corta y estrecha falda y mangas huecas y subidas, era de alepín negro: una pañoleta de blonda blanca, algo amarillenta, velaba sus admirables[120] hombros, y larguísimos maniquetes o mitones de tul negro cubrían la mayor parte de sus alabastrinos brazos. Abanicábase majestuosamente con un pericón enorme, traído de las islas Filipinas, y empuñaba con la otra mano un pañuelo de encaje, cuyos cuatro picos colgaban simétricamente con una regularidad sólo comparable a la de su actitud y menores movimientos.

Aquella hermosa mujer tenía algo de reina y mucho de abadesa, e infundía por ende veneración y miedo a cuantos la miraban. Por lo demás, el atildamiento de su traje a semejante hora, la gravedad de su continente y las muchas luces que alumbraban el salón, demostraron que la Corregidora se había esmerado

---

[120] redondeados.

en dar a aquella escena una solemnidad teatral y un tinte ceremonioso que contrastasen con el carácter villano y grosero de la aventura de su marido.

Advertiremos, finalmente, que aquella señora se llamaba doña Mercedes Carrillo de Albornoz y Espinosa de los Monteros, y que era hija, nieta, biznieta, tataranieta y hasta vigésima nieta de la ciudad, como descendiente de sus ilustres conquistadores. Su familia, por razones de vanidad mundana, le había inducido a casarse con el viejo y acaudalado Corregidor, y ella, que de otro modo hubiera sido monja, pues su vocación natural la iba llevando al claustro, consintió en aquel doloroso sacrificio.

A la sazón tenía ya dos vástagos del arriscado madrileño, y aún se susurraba que había otra vez moros en la costa...

Conque volvamos a nuestro cuento.

XXXI

La pena del talión

—¡Mercedes! —exclamó el Corregidor al comparecer delante de su esposa.

—¡Hola, tío Lucas! ¿Usted por aquí? —díjole la Corregidora, interrumpiéndole—. ¿Ocurre alguna desgracia en el molino?

—¡Señora, no estoy para chanzas! —repuso el Corregidor hecho una fiera—. Antes de entrar en explicaciones por mi parte, necesito saber qué ha sido de mi honor...

—¡Esa no es cuenta mía! ¿Acaso me lo ha dejado usted a mí en depósito?

—Sí, señora... ¡A usted! —replicó don Eugenio—. ¡Las mujeres son las depositarias del honor de sus maridos!

—Pues entonces [mi querido tío Lucas], pregúntele usted a su mujer... Precisamente nos está escuchando.

La señá Frasquita, que se había quedado a la puerta del salón, lanzó una especie de rugido.

—Pase usted, señora, y siéntese... —añadió la Corregidora, dirigiéndose a la Molinera con dignidad soberana.

Y, por su parte, encaminóse al sofá.

La generosa navarra supo comprender, desde luego, toda la grandeza de la actitud de aquella esposa injuriada..., e injuriada acaso doblemente... Así es que, alzándose en el acto a igual altura, dominó sus

151

naturales ímpetus, y guardó un silencio decoroso. Esto sin contar con que la señá Frasquita, segura de su inocencia y de su fuerza, no tenía prisa de defenderse: teníala, sí, de acusar…, mucha…, pero no ciertamente a la Corregidora. ¡Con quien ella deseaba ajustar cuentas era con el tío Lucas… y el tío Lucas no estaba allí!

—Señá Frasquita… —repitió la noble dama, al ver que la Molinera no se había movido de su sitio—: le he dicho a usted que puede pasar y sentarse.

Esta segunda indicación fue hecha con voz más afectuosa y sentida que la primera… Dijérase que la Corregidora había adivinado también por instinto, al fijarse en el reposado continente y en la varonil hermosura de aquella mujer, que no iba a habérselas con un ser bajo y despreciable, sino quizá más bien con otra infortunada como ella; ¡infortunada, sí, por el solo hecho de haber conocido al Corregidor!

Cruzaron, pues, sendas miradas de paz y de indulgencia aquellas dos mujeres que se consideraban dos veces rivales, y notaron con gran sorpresa que sus almas se aplacieron la una en la otra, como dos hermanas que se reconocen.

No de otro modo se divisan y saludan a lo lejos las castas nieves de las encumbradas montañas.

Saboreando estas dulces emociones, la Molinera entró majestuosamente en el salón, y se sentó en el filo de una silla.

A su paso por el molino, previniendo que en la ciudad tendría que hacer visitas de importancia, se había arreglado un poco y puéstose una mantilla de franela negra, con grandes felpones, que la sentaba divinamente. Parecía toda una señora.

Por lo que toca al Corregidor, dicho se está que había guardado silencio durante aquel episodio. El rugido de la señá Frasquita y su aparición en la escena no habían podido menos de sobresaltarlo. ¡Aquella mujer le causaba ya más terror que la suya propia!

—Conque vamos, tío Lucas... —prosiguió doña Mercedes, dirigiéndose a su marido—. Ahí tiene usted a la señá Frasquita... ¡Puede usted volver a formular su demanda! [¡Puede usted preguntarle aquello de su honra!]

—Mercedes, ¡por los clavos de Cristo! —gritó el Corregidor—. ¡Mira que tú no sabes de lo que soy capaz! ¡Nuevamente te conjuro a que dejes la broma y me digas todo lo que ha pasado aquí durante mi ausencia! ¿Dónde está ese hombre?

—¿Quién? ¿Mi marido?... Mi marido se está levantando, y ya no puede tardar en venir.

—¡Levantándose! —bramó don Eugenio.

—¿Se asombra usted? ¿Pues dónde quería usted que estuviese a estas horas un hombre de bien sino en su casa, en su casa y durmiendo con su legítima consorte, como manda Dios?

—¡Merceditas! ¡Ve lo que te dices! ¡Repara en que nos están oyendo! ¡Repara en que soy el Corregidor!...

—¡A mí no me dé usted voces, tío Lucas, o mandaré a los alguaciles que lo lleven a la cárcel! —replicó la Corregidora, poniéndose de pie.

—¡Yo a la cárcel! ¡Yo! ¡El Corregidor de la ciudad!

—El Corregidor de la ciudad, el representante de la justicia, el apoderado del rey —repuso la gran señora con una severidad y una energía que ahogaron la voz del fingido Molinero— llegó a su casa a la hora debida, a descansar de las nobles tareas de su oficio, para seguir mañana amparando la honra y la vida de los ciudadanos, la santidad del hogar y el recato de las mujeres, impidiendo de este modo que nadie pueda entrar, disfrazado de corregidor ni de ninguna otra cosa, en la alcoba de la mujer ajena; que nadie pueda sorprender a la virtud en su descuidado reposo; que nadie pueda abusar de su casto sueño...

—¡Merceditas! ¿Qué es lo que profieres? —silbó el Corregidor con labios y encías—. ¡Si es verdad que ha pasado en mi casa, diré que eres una pícara, una pérfida, una licenciosa!

—¿Con quién habla este hombre? —prorrumpió la Corregidora desdeñosamente y pasando la vista por todos los circunstantes—. ¿Quién es este loco? ¿Quién es este ebrio?... ¡Ni siquiera puedo ya creer que sea un honrado molinero como el tío Lucas, a pesar de que viste su traje de villano! Señor Juan López, créame usted —continuó, encarándose con el alcalde de monterilla, que estaba aterrado—: mi marido, el Corregidor de la ciudad, llegó a esta su casa hace dos horas, con su sombrero de tres picos, su capa de grana, su espadín de caballero y su bastón de autoridad... Los criados y alguaciles que me escuchan se levantaron, y lo saludaron al verlo pasar por el portal, por la escalera y por el recibimiento. Cerráronse en seguida todas las puertas, y desde entonces no ha penetrado nadie en mi hogar hasta que llegaron ustedes. ¿Es cierto? Responded vosotros.

—¡Es verdad! ¡Es muy verdad! —contestaron la nodriza, los domésticos y los ministriles; todos los cuales, agrupados a la puerta del salón, presenciaban aquella singular escena.

—¡Fuera de aquí todo el mundo! —gritó don Eugenio, echando espumarajos de rabia—. ¡Garduña! ¡Garduña! ¡Ven y prende a estos viles que me están faltando al respeto! ¡Todos a la cárcel! ¡Todos a la horca!

Garduña no aparecía por ningún lado.

—Además, señor... —continuó doña Mercedes, cambiando de tono y dignándose ya mirar a su marido y tratarle como a tal, temerosa de que las chanzas llegaran a irremediables extremos—. Supongamos que usted es mi esposo... Supongamos que usted es don Eugenio de Zúñiga y Ponce de León.

—¡Lo soy!

—Supongamos, además, que me cupiese alguna culpa en haber tomado por usted al hombre que penetró en mi alcoba vestido de corregidor...

—¡Infames! —gritó el viejo, echando mano a la espada, y encontrándose sólo con el sitio, o sea, con la faja del molinero murciano.

La navarra se tapó el rostro con un lado de la mantilla para ocultar las llamaradas de sus celos.

—Supongamos todo lo que usted quiera —continuó doña Mercedes con una impasibilidad inexplicable—. Pero dígame usted ahora, señor mío: ¿Tendría usted derecho a quejarse? ¿Podría usted acusarme como fiscal? ¿Podría usted sentenciarme como juez? ¿Viene usted de confesar? ¿Viene usted de oír misa? ¿O de dónde viene usted con ese traje? ¿De dónde viene usted con esa señora? ¿Dónde ha pasado usted la mitad de la noche?

—Con permiso... —exclamó la señá Frasquita, poniéndose de pie como empujada por un resorte y atravesándose arrogantemente entre la Corregidora y su marido.

Éste, que iba a hablar, se quedó con la boca abierta al ver que la navarra entraba en fuego.

Pero doña Mercedes se anticipó, y dijo:

—Señora, no se fatigue usted en darme a mí explicaciones... Yo no se las pido a usted, ni mucho menos. Allí viene quien puede pedírselas a justo título... ¡Entiéndase usted con él!

Al mismo tiempo se abrió la puerta de un gabinete y apareció en ella el tío Lucas, vestido de corregidor de pies a cabeza, y con bastón, guantes y espadín como si se presentase en las Salas de Cabildo.

XXXII

La fe mueve las montañas

—Tengan ustedes muy buenas noches —pronunció el recién llegado, quitándose el sombrero de tres picos, y hablando con la boca sumida, como [solía] don Eugenio de Zúñiga.

En seguida se adelantó por el salón, balanceándose en todos los sentidos, y fue a besar la mano de la Corregidora.

Todos se quedaron estupefactos. El parecido del tío Lucas con el verdadero Corregidor era maravilloso.

Así es que la servidumbre, y hasta el mismo señor Juan López, no pudieron contener la carcajada.

Don Eugenio sintió aquel nuevo agravio, y se lanzó sobre el tío Lucas como un basilisco.

Pero la señá Frasquita metió el montante, apartando al Corregidor con el brazo de marras, y Su Señoría, en evitación de otra voltereta y del consiguiente ludibrio [121], se dejó atropellar sin decir oxte ni moxte. Estaba visto que aquella mujer había nacido para domadora del pobre viejo.

El tío Lucas se puso más pálido que la muerte al ver que su mujer se le acercaba; pero luego se dominó, y, con una risa tan horrible que tuvo que llevarse la mano al corazón para que no se le hiciese pedazos, dijo, remedando siempre al Corregidor:

---

[121] *ludibrio*: «mofa».

—¡Dios te guarde, Frasquita! ¿Le has enviado ya a tu sobrino el nombramiento?

¡Hubo que ver entonces a la navarra! Tiróse la mantilla atrás, levantó la frente con soberanía de leona, y clavando en el falso corregidor dos ojos como dos puñales:

—¡Te desprecio, Lucas! —le dijo en mitad de la cara.

Todos creyeron que le había escupido.

¡Tal gesto, tal ademán y tal tono de voz acentuaron aquella frase!

El rostro del Molinero se transfiguró al oír la voz de su mujer. Una especie de inspiración semejante a la de la fe religiosa, había penetrado en su alma, inundándola de luz y de alegría... Así es que, olvidándose por un momento de cuanto había visto y creído ver en el molino, exclamó con las lágrimas en los ojos y la sinceridad en los labios:

—¿Conque tú eres mi Frasquita?

—¡No! —respondió la navarra fuera de sí—. ¡Yo no soy ya tu Frasquita! Yo soy... ¡Pregúntaselo a tus hazañas de esta noche, y ellas te dirán lo que has hecho del corazón que tanto te quería!...

Y se echó a llorar, como una montaña de hielo que se hunde, y principia a derretirse.

La Corregidora se adelantó hacia ella sin poder contenerse, y la estrechó en sus brazos con el mayor cariño.

La señá Frasquita se puso entonces a besarla, sin saber tampoco lo que se hacía, diciéndole entre sus sollozos, como una niña que busca el amparo de su madre:

—¡Señora, señora! ¡Qué desgraciada soy!

—¡No tanto como usted se figura! —contestábale la Corregidora, llorando también generosamente.

—Yo sí que soy desgraciado —gemía al mismo tiempo el tío Lucas, andando a puñetazos con sus lágrimas, como avergonzado de verterlas.

—Pues ¿y yo? —prorrumpió al fin don Eugenio, sintiéndose ablandado por el contagioso lloro de los demás, o esperando salvarse también por la vía húmeda; quiero decir, por la vía del llanto—. ¡Ah, yo soy un pícaro!, ¡un monstruo!, ¡un calavera deshecho, que ha llevado su merecido!

Y rompió a berrear tristemente abrazado a la barriga del señor Juan López.

Y éste y los criados lloraban de igual manera, y todo parecía concluido, y, sin embargo, nadie se había explicado.

XXXIII

Pues ¿y tú?

El tío Lucas fue el primero que salió a flote en aquel mar de lágrimas.

Era que empezaba a acordarse otra vez de lo que había visto por el ojo de la llave.

—¡Señores, vamos a cuentas!... —dijo de pronto.

—No hay cuentas que valgan, tío Lucas —exclamó la Corregidora—. ¡Su mujer de usted es una bendita!

—Bien..., sí...; pero...

—¡Nada de pero!... Déjela usted hablar,. y verá como se justifica. Desde que la vi, me dio el corazón que era una santa, a pesar de todo lo que usted me había contado.

—¡Bueno; que hable! —dijo el tío Lucas.

—¡Yo no hablo! —contestó la Molinera—. ¡El que tiene que hablar eres tú... Porque la verdad es que tú...

Y la seña Frasquita no dijo más, por impedírselo [122] el invencible respeto que le inspiraba la Corregidora.

—Pues ¿y tú? —respondió el tío Lucas perdiendo de nuevo toda fe.

—Ahora no se trata de ella... —gritó el Corregidor, tornando también a sus celos—. ¡Se trata de usted y de esta señora! ¡Ah, Merceditas!... ¿Quién había de decirme que tú?...

-----

[122] en virtud del.

—Pues ¿y tú? —repuso la Corregidora midiéndolo con la vista.

Y durante algunos momentos los dos matrimonios repitieron cien veces las mismas frases:

—¿Y tú?

—Pues ¿y tú?

—¡Vaya que tú!

—¡No que tú!

—Pero ¿cómo has podido tú?...

Etcétera, etcétera, etcétera.

La cosa hubiera sido interminable si la Corregidora, revistiéndose de dignidad, no dijese por último a don Eugenio:

—¡Mira, cállate tú ahora! Nuestra cuestión particular la ventilaremos más adelante. Lo que urge en este momento es devolver la paz al corazón del tío Lucas, cosa fácil a mi juicio, pues allí distingo al señor Juan López y a Toñuelo, que están saltando por justificar a la señá Frasquita...

—¡Yo no necesito que me justifiquen los hombres! —respondió ésta—. Tengo dos testigos de mayor crédito a quienes no se dirá que he seducido ni sobornado...

—Y ¿dónde están? —preguntó el Molinero.

—Están abajo, en la puerta...

—Pues diles que suban, con permiso de esta señora.

—Las pobres no pueden subir...

—¡Ah! ¡Son dos mujeres!... Vaya un testimonio fidedigno!

—Tampoco son dos mujeres. Sólo son dos hembras...

—¡Peor que peor! ¡Serán dos niñas!... Hazme el favor de decirme sus nombres.

—La una se llama *Piñona* y la otra *Liviana*...

—¡Nuestras dos burras! Frasquita: ¿te estás riendo de mí?

—No, que estoy hablando muy formal. Yo puedo probarte con el testimonio de nuestras burras, que no me hallaba en el molino cuando tú viste en él al señor Corregidor.

—¡Por Dios te pido que te expliques!...

—¡Oye, Lucas!..., y muérete de vergüenza por haber dudado de mi honradez. Mientras tú ibas esta noche desde el lugar a nuestra casa, yo me dirigía desde nuestra casa al lugar, y, por consiguiente, nos cruzamos en el camino. Pero tú marchabas fuera de él, o, por mejor decir, te habías detenido a echar unas yescas en medio de un sembrado...

—¡Es verdad que me detuve!... Continúa.

—En esto rebuznó tu borrica...

—¡Justamente! ¡Ah, qué feliz soy!... ¡Habla, habla; que cada palabra tuya me devuelve un año de vida!

—Y a aquel rebuzno contestó otro en el camino...

—¡Oh!, sí..., sí... ¡Bendita seas! ¡Me parece estarlo oyendo!

—Eran *Liviana* y *Piñona*, que se habían reconocido y se saludaban como buenas amigas, mientras que nosotros dos ni nos saludamos ni nos reconocimos...

—¡No me digas más! ¡No me digas más!...

—Tan no nos reconocimos —continuó la señá Frasquita—, que los dos nos asustamos y salimos huyendo en direcciones contrarias... ¡Conque ya ves que yo no estaba en el molino! Si quieres saber ahora por qué encontraste al señor Corregidor en nuestra cama, tienta esas ropas que llevas puestas, y que todavía estarán húmedas, y te lo dirán mejor que yo. ¡Su Señoría se cayó al caz del molino, y Garduña lo desnudó y lo acostó allí! Si quieres saber por qué abrí la puerta..., fue porque creí que eras tú el que se ahogaba y me llamaba a gritos. Y, en fin, si quieres saber lo del nombramiento... Pero no tengo más que decir por la presente. Cuando estemos solos te enteraré de este y otros particulares... que no debo referir delante de esta señora.

—¡Todo lo que ha dicho la señá Frasquita es la pura verdad! —gritó el señor Juan López, deseando congraciarse con doña Mercedes, visto que ella imperaba en el Corregimiento.

—¡Todo! ¡Todo! —añadió Toñuelo, siguiendo la corriente a su amo.

—¡Hasta ahora..., todo! —agregó el Corregidor muy complacido de que las explicaciones de la navarra no hubieran ido más lejos.

—¡Conque eres inocente! —exclamaba en tanto el tío Lucas, rindiéndose a la evidencia—. ¡Frasquita mía, Frasquita de mi alma! ¡Perdóname la injusticia, y deja que te dé un abrazo!...

—¡Esa es harina de otro costal!... —contestó la Molinera, hurtando el cuerpo—. Antes de abrazarte necesito oír tus explicaciones...

—Yo las daré por él y por mí... —dijo doña Mercedes.

—¡Hace una hora que las estoy esperando! —profirió el Corregidor, tratando de erguirse.

—Pero no las daré —continuó la Corregidora, volviendo la espalda desdeñosamente a su marido— hasta que esos señores hayan descambiado vestimentas...; y, aun entonces, se las daré tan sólo a quien merezca oírlas.

—Vamos..., vamos a descambiar... —díjole el murciano a don Eugenio, alegrándose mucho de no haberlo asesinado, pero mirándolo todavía con un odio verdaderamente morisco—. ¡El traje de Vuestra Señoría me ahoga! ¡He sido muy desgraciado mientras lo he tenido puesto!...

—¡Porque no lo entiendes! —respondió el Corregidor—. ¡Yo estoy, en cambio, deseando ponérmelo, para ahorcarte a ti y a medio mundo, si no me satisfacen las exculpaciones de mi mujer!

La Corregidora, que oyó estas palabras, tranquilizó a la reunión con una suave sonrisa, propia de aquellos afanados ángeles cuyo ministerio es guardar a los hombres.

XXXIV

También la Corregidora es guapa

Salido que hubieron de la sala el Corregidor y el tío Lucas, sentóse de nuevo la Corregidora en el sofá, colocó a su lado a la señá Frasquita, y, dirigiéndose a los domésticos y ministriles que obstruían la puerta, les dijo con afable sencillez:

—¡Vaya, muchachos!... Contad ahora vosotros [a esta excelente] mujer todo lo malo que sepáis de mí.

Avanzó el cuarto estado, y diez voces quisieron hablar a un mismo tiempo; pero el ama de leche, como la persona que más alas tenía en la casa, impuso silencio a los demás, y dijo de esta manera:

—Ha de saber usted, señá Frasquita, que estábamos yo y mi Señora esta noche al cuidado de los niños, esperando a ver si venía el amo y rezando el tercer rosario para hacer tiempo (pues la razón traída [123] por Garduña había sido que andaba el señor Corregidor detrás de unos facinerosos terribles, y no era cosa de acostarse hasta verlo entrar sin novedad), cuando sentimos ruido de gente en la alcoba inmediata, que es donde mis señores tienen su cama de matrimonio. Cogimos la luz, muertas de miedo, y fuimos a ver quién andaba en la alcoba, cuando, ¡ay, Virgen del Carmen!, al entrar vimos que un hombre, vestido como mi señor, pero que no era él

___
[123] que había traído (...) era.

(¡como que era su marido de usted!), trataba de esconderse debajo de la cama. «¡*Ladrones!*», principiamos a gritar desaforadamente, y un momento después la habitación estaba llena de gente, y los alguaciles sacaban arrastrando de su escondite al fingido Corregidor. Mi señora, que, como todos, había reconocido al tío Lucas, y que lo vio con aquel traje, temió que hubiese matado al amo y empezó a dar unos lamentos que partían las piedras... «*¡A la cárcel! ¡A la cárcel!*», decíamos entretanto los demás. «*¡Ladrón! ¡Asesino!*», era la mejor palabra que oía el tío Lucas; y así es que estaba como un difunto, arrimado a la pared, sin decir esta boca es mía. Pero viendo luego que se lo llevaban[124] a la cárcel, dijo... lo que voy a repetir, aunque verdaderamente mejor sería para callado: «Señora, yo no soy ladrón ni asesino: el ladrón y el asesino... de mi honra está en mi casa, acostado con mi mujer.»

—¡Pobre Lucas! —suspiró la señá Frasquita.

—¡Pobre de mí! —murmuró[125] la Corregidora [tranquilamente].

—Eso dijimos todos...: «¡Pobre tío Lucas y pobre Señora!» Porque... la verdad, señá Frasquita, ya teníamos idea de que mi señor había puesto los ojos en usted..., y aunque nadie se figuraba que usted...

—¡Ama! —exclamó severamente la Corregidora—. ¡No siga usted por ese camino!...

—Continuaré yo por el otro... —dijo un alguacil, aprovechando aquella coyuntura para apoderarse de la palabra—. El tío Lucas (que nos engañó de lo lindo con su traje y su manera de andar cuando entró en la casa; tanto, que todos lo tomamos por el señor Corregidor) no había venido con muy buenas intenciones que digamos, y si la Señora no hubiera estado levantada..., figúrese usted lo que habría sucedido...

---

[124] [ya].
[125] suspiró.

—¡Vamos! ¡Cállate tú también! —interrumpió la cocinera—. ¡No estás diciendo más que tonterías! Pues, sí, señá Frasquita: el tío Lucas, para explicar su presencia en la alcoba de mi ama, tuvo que confesar las intenciones que traía... ¡Por cierto que la Señora no se pudo contener al oírlo, y le arrimó una bofetada en medio de la boca que le dejó la mitad de las palabras dentro del cuerpo! Yo mismo lo llené de insultos y denuestos, y quise sacarle los ojos... Porque ya conoce usted, señá Frasquita, que, aunque sea su marido de usted, eso de venir con sus manos lavadas...

—¡Eres una bachillera! —gritó el portero, poniéndose delante de la oradora—. ¿Qué más hubieras querido tú?... En fin, señá Frasquita: óigame usted a mí, y vamos al asunto. La Señora hizo y dijo lo que debía...; pero luego, calmado ya su enojo, compadecióse del tío Lucas y paró mientes en el mal proceder del señor Corregidor, viniendo a pronunciar estas o parecidas palabras: «Por infame que haya sido su pensamiento de usted, tío Lucas, y aunque nunca podré perdonar tanta insolencia, es menester que su mujer de usted y mi esposo crean durante algunas horas que han sido cogidos en sus propias redes, y que usted, auxiliado por ese disfraz, les ha devuelto afrenta por afrenta. ¡Ninguna venganza mejor podemos tomar de ellos que este engaño, tan fácil de desvanecer cuando nos acomode!» Adoptada tan graciosa resolución, la Señora y el tío Lucas nos aleccionaron a todos de lo que teníamos que hacer y decir cuando volviese Su Señoría; y por cierto que yo le he pegado a Sebastián Garduña tal palo en la rabadilla, que creo que no se le olvidará en mucho tiempo la noche de San Simón y San Judas...

Cuando el portero dejó de hablar, ya hacía rato que la Corregidora y la Molinera cuchicheaban al oído, abrazándose y besándose a cada momento, y no pudieron en ocasiones contener la risa.

¡Lástima que no se oyera[126] lo que hablaban!...
Pero el lector se lo figurará sin gran esfuerzo y si
no el lector, la lectora.

---

[126] que no haya llegado a saberse.

XXXV

Decreto imperial

Regresaron en esto a la sala el Corregidor y el tío Lucas, vestido cada cual con su propia ropa.

—¡Ahora me toca a mí! —entró diciendo el insigne don Eugenio de Zúñiga.

Y después de dar en el suelo un par de bastonazos como para recobrar su energía (a guisa de Anteo oficial, que no se sentía fuerte hasta que su caña de Indias tocaba en la tierra), díjole a la Corregidora con un énfasis y una frescura indescriptibles:

—¡Merceditas..., estoy esperando tus explicaciones!...

Entretanto, la Molinera se había levantado y le tiraba al tío Lucas un pellizco de paz, que le hizo ver estrellas, mirándolo al mismo tiempo con desenojados y hechiceros ojos.

El Corregidor, que observaba aquella pantomima, quedóse hecho una pieza, sin acertar a explicarse una reconciliación tan *inmotivada.*

Dirigióse, pues, de nuevo a su mujer, y le dijo, hecho un vinagre:

—¡Señora! ¡Todos se entienden menos nosotros! Sáqueme usted de dudas!... ¡Se lo mando como marido y como Corregidor!

Y dio otro bastonazo en el suelo.

—¿Conque se marcha usted? —exclamó doña Mercedes, acercándose a la señá Frasquita y sin hacer caso de don Eugenio—. Pues vaya usted descuidada, que este escándalo no tendrá ningunas consecuencias. ¡Rosa!: alumbra a estos señores, que dicen que se marchan... Vaya usted con Dios, tío Lucas.

—¡Oh... no! —gritó el de Zúñiga, interponiéndose—. ¡Lo que es el tío Lucas no se marcha! ¡El tío Lucas queda arrestado hasta que sepa yo toda la verdad! ¡Hola, alguaciles! ¡Favor al rey!...

Ni un solo ministro obedeció a don Eugenio. Todos miraban a la Corregidora.

—¡A ver, hombre! ¡Deja el paso libre! —añadió ésta, pasando casi sobre su marido, y despidiendo a todo el mundo con la mayor finura; es decir, con la cabeza ladeada, cogiéndose la falda con la punta de los dedos y agachándose graciosamente, hasta completar la reverencia que a la sazón estaba de moda, y que se llamaba *la pompa*.

—Pero yo... Pero tú... Pero nosotros... Pero aquéllos... —seguía mascullando el vejete, tirándole a su mujer del vestido y perturbando sus cortesías mejor iniciadas.

¡Inútil afán! ¡Nadie hacía caso de Su Señoría!

Marchado que se hubieron todos, y solos ya en el salón los desavenidos cónyuges, la Corregidora se dignó al fin decirle a su esposo, con el acento que hubiera empleado una zarina de todas las Rusias para fulminar sobre un ministro caído la orden de perpetuo destierro a la Siberia.

—Mil años que vivas, ignorarás lo que ha pasado esta noche en mi alcoba... Si hubieras estado en ella, como era regular, no tendrías necesidad de preguntárselo a nadie. Por lo que a mí toca, no hay ya, ni habrá jamás, razón ninguna que me obligue a satisfacerte, pues te desprecio de tal modo, que si no fueras el padre de mis hijos, te arrojaría ahora mismo por ese balcón, como te arrojo para siempre de mi dormitorio. Conque buenas noches, caballero.

Pronunciadas estas palabras, que don Eugenio oyó sin pestañear (pues lo que es a solas no se atrevía con su mujer), la Corregidora penetró en el gabinete, y del gabinete pasó a la alcoba, cerrando las puertas detrás de sí, y el pobre hombre se quedó plantado en medio de la sala, murmurando entre encías (que no entre dientes) y con un cinismo de que no habrá habido otro ejemplo:

—¡Pues, señor, no esperaba yo escapar tan bien!... ¡Garduña me buscará acomodo! [127].

---

[127] otra.

XXXVI

Conclusión, moraleja y epílogo

Piaban los pajarillos saludando el alba cuando el tío Lucas y la señá Frasquita salían de la ciudad con dirección a su molino.

Los esposos iban a pie, y delante de ellos caminaban apareadas las dos burras.

—El domingo tienes que ir a confesar (le decía la Molinera a su marido), pues necesitas limpiarte de todos tus [128] malos juicios y criminales propósitos de esta noche...

—Has pensado muy bien... —contestó el Molinero—. Pero tú, entretanto, vas a hacerme otro favor, y es dar a los pobres los colchones y ropa de nuestra cama, y ponerla toda de nuevo. ¡Yo no me acuesto donde ha sudado aquel bicho venenoso!

—¡No me lo nombres, Lucas! —replicó la señá Frasquita—. Conque hablemos de otra cosa. Quisiera merecerte un segundo favor... [129].

—Pide [130] por esa boca...

—El verano que viene vas a llevarme a tomar los baños del Solán de Cabras.

—¿Para qué?

—Para ver si tenemos hijos.

—¡Felicísima idea! Te llevaré, si Dios nos da vida.

---

[128] los.
[129] Tengo que pedirte un.
[130] —Habla.

Y con esto llegaron al molino, a punto que el sol, sin haber salido todavía, doraba ya las cúspides de las montañas.

. . . .
. . . .

A la tarde, con gran sorpresa de los esposos, que no esperaban nuevas visitas de altos personajes después de un escándalo como el de la precedente noche, concurrió al molino más señorío que nunca. El venerable prelado, muchos canónigos, el juris-consulto, dos priores de frailes y otras varias personas (que luego se supo habían sido convocadas allí por Su Señoría Ilustrísima) ocuparon materialmente la plazoletilla del emparrado [131].

Sólo faltaba el Corregidor.

Una vez reunida la tertulia, el señor Obispo tomó la palabra, y dijo: que, por lo mismo que habían pasado ciertas cosas en aquella casa, sus canónigos y él seguirían yendo a ella lo mismo que antes, para que ni los honrados molineros ni las demás personas allí presentes participasen de la censura pública, sólo merecida [132] por aquel que había profanado con su torpe conducta una reunión tan morigerada y tan honesta. Exhortó paternalmente a la señá Frasquita para que en lo sucesivo fuese menos provocativa y tentadora en sus dichos y ademanes, y procurase llevar más cubiertos los brazos y más alto el escote del jubón; aconsejó al tío Lucas más [133] desinterés, mayor [134] circunspección y menos inmodestia [135] en su trato con los superiores; y acabó dando la bendición a todos y diciendo: que como aquel día no ayunaba, se comería con mucho gusto un par de racimos de uvas.

------

[131] empedrado.
[132] que sólo merecía.
[133] el.
[134] la.
[135] y la verdadera modestia.

Lo mismo opinaron todos... respecto de este último particular..., y la parra se quedó temblando aquella tarde. ¡En dos arrobas de uvas apreció el gasto el Molinero!

. . . .

Cerca de tres años continuaron estas sabrosas reuniones, hasta que, contra la previsión de todo el mundo, entraron en España los ejércitos de Napoleón y se armó la Guerra de la Independencia.

El señor Obispo, el magistral y el penitenciario murieron el año de 8, y el abogado y los demás contertulios en los de 9, 10, 11 y 12, por no poder sufrir la vista de los franceses, polacos y otras alimañas que invadieron aquella tierra, ¡y que fumaban en pipa, en el presbiterio de las iglesias, durante la misa de la tropa!

El Corregidor, que nunca más tornó al molino, fue destituido por un mariscal francés, y murió en la Cárcel de Corte[136], por no haber querido ni un solo instante (dicho sea en honra suya) transigir con la dominación extranjera.

Doña Mercedes no se volvió a casar, y educó perfectamente a sus hijos, retirándose a la vejez a un convento, donde acabó sus días en opinión de santa.

Garduña se hizo afrancesado.

El señor Juan López fue guerrillero, mandó una partida, y murió, lo mismo que su alguacil, en la famosa batalla de Baza, después de haber matado muchísimos franceses.

Finalmente: el tío Lucas y la señá Frasquita (aunque no llegaron a tener hijos, a pesar de haber ido al Solán de Cabras y de haber hecho muchos votos y rogativas) siguieron siempre amándose del propio modo, y alcanzaron una edad muy avanzada, viendo desaparecer el Absolutismo en 1812 y 1820, y reaparecer en 1814 y 1823, hasta que, por último, se

---

[136] en la cárcel alta de Granada.

estableció de veras el sistema Constitucional a la muerte del Rey Absoluto, y ellos pasaron a mejor vida (precisamente al estallar la guerra civil de los *Siete años*), sin que los sombreros de copa que ya usaba todo el mundo pudiesen hacerles olvidar *aquellos tiempos* simbolizados por el sombrero de tres picos.

Colección Letras Hispánicas

ÚLTIMOS TÍTULOS PUBLICADOS

619 *Tan largo me lo fiáis. Deste agua no beberé*, ANDRÉS DE
   CLARAMONTE.
   Edición de Alfredo Rodríguez López-Vázquez.
620 *Amar después de la muerte*, PEDRO CALDERÓN DE LA BARCA.
   Edición de Erik Coenen.
621 *Veinte poemas de amor y una canción desesperada*, PABLO NERUDA.
   Edición de Gabriele Morelli.
622 *Tres elegías jubilares*, JUAN JOSÉ DOMENCHINA.
   Edición de Amelia de Paz.
623 *Poesía de la primera generación de posguerra*.
   Edición de Santiago Fortuño Llorens.
624 *La poética o reglas de la poesía en general, y de sus principales
   especies*, IGNACIO DE LUZÁN.
   Edición de Russell P. Sebold.
625 *Rayuela*, JULIO CORTÁZAR.
   Edición de Andrés Amorós (20.ª ed.).
626 *Cuentos fríos. El que vino a salvarme*, VIRGILIO PIÑERA.
   Edición de Vicente Cervera y Mercedes Serna.
627 *Tristana*, BENITO PÉREZ GALDÓS.
   Edición de Isabel Gonzálvez y Gabriel Sevilla.
628 *Romanticismo*, MANUEL LONGARES.
   Edición de Juan Carlos Peinado.
629 *La tarde y otros poemas*, JUAN REJANO.
   Edición de Teresa Hernández.
630 *Poesía completa*, JUAN DE ARGUIJO.
   Edición de Oriol Miró Martí.
631 *Cómo se hace una novela*, MIGUEL DE UNAMUNO.
   Edición de Teresa Gómez Trueba.
632 *Don Gil de las calzas verdes*, TIRSO DE MOLINA.
   Edición de Enrique García Santo-Tomás.

DE PRÓXIMA APARICIÓN

Macías. No más mostrador, MARIANO JOSÉ DE LARRA.
   Edición de Gregorio Torres Nebrera.